本书获
2023年贵州省出版传媒事业发展专项资金资助
贵州出版集团有限公司出版专项资金资助

扫描上方二维码，观看地戏简介视频。

想了解《封神榜之进五关》的故事如何在地戏舞台上演绎吗？扫描上方二维码，观看本书相关剧目的精彩演绎视频。

屯堡文丛·文学艺术书系

地戏·封神榜之进五关

帅学剑　整理校注

贵州出版集团
贵州民族出版社

《屯堡文丛》编辑出版委员会及学术委员会

“文学艺术书系·地戏”编撰学术委员会

《屯堡文丛》总序

毛佩琦

屯堡，自从在明朝初年出现后，就是一个生机盎然的存在，历600余年风雨晴晦而不衰，至今仍然长青！这是人类文化史上的一个奇迹，是中华民族的一件瑰宝。

明朝建立之初，国家还没有完全统一，元朝的梁王还在割据西南，而且多次杀害明朝派来的使者。洪武十四年（1381），明朝廷命颍川侯傅友德为征南将军，永昌侯蓝玉、西平侯沐英为副将军，率30万大军征云南。明军获得全胜，历时3个月，平定云南。洪武十五年（1382），明朝廷设置贵州都指挥使司，征南大军以卫所为编制戍守各地，卫所军士屯种收获以自给。这些卫所军士及家属所居之地就形成了屯堡。这是一次为维护国家统一的军事行动，也是一次大规模的移民。经过从洪武到永乐的数十年的经营，永乐十一年（1413），明朝廷决定设立贵州布政使司，划云南、四川、湖广、广西各一部，组建成一个新的省级行政区。当年散落在西南地区的屯堡，就主要分布在今天的贵州省内。屯堡的建设和贵州布政使司的设立，有效地维护了国家的统一和地方的安定，促进了地方开发和民族融合，也体现了古人高超的政治智慧和管理艺术。

600多年前，来自南直隶的应天府、凤阳府，以及江西、浙江的军士及其家属，扶老携幼，远离故土，到达西南，在贵州地区安下家来，成为屯堡人。屯堡人落地生根，坚韧不拔，胼手胝足，开发贵州，对贵州的发展做出了巨大贡献。他们既是地方的守护者，又是地方的开发者。屯堡人的勇敢担当和巨大的付出，至今仍然令人肃然起敬。他们开拓进取，给贵州带来了先进的生产方式，耕种、养殖、纺织、冶铁，也促进了贵州商业的发展，沈万三传奇性的商业故事就具有典型意义。明朝重视文教，朝廷在边疆军卫和土司地区都大力推广学校建设。由于儒学教育的发展，后来，在全国科举考试的激烈竞争中，贵州的学子曾经先后两次夺得文状元。

贵州地区民族众多，屯堡人与各民族人民交错杂居，却能和睦相处。不同文化保持了各自的特色又互相包容，和谐发展，是中华文化多元一体的具体写照。屯堡人至今仍然保持着故乡的生活习惯和文化传统，语言、服饰、建筑、戏剧，在今天屯堡的村寨里、田野上，在日常生活、节日集会中，随时随地可以见到这些活的历史风景。这些延续数百年的独特风俗，是屯堡人身份的自我认知，是肩负国家使命的一种标志，也表现了他们坚守传统、不忘根本的韧性。屯堡人对遥远的故乡有着割舍不断的深情。以安顺天龙屯堡人而言，他们自明初至今已繁衍20余代，四姓族裔达数万人，他们每年都要面向家乡南京遥祭。2005年6月，安顺地区的一支屯堡人曾经返回江南寻根。当他们在南京祖居地石灰巷与南京的乡亲们深情拥抱时，绵绵600多年的思念，如同长河打开了闸门，浓浓的亲情刹那间奔涌交融，场面令人泪奔。重视祖先传统，重视血脉亲情，在屯堡人数百年的文化传承和坚守中，展现了这种悠久的中华民族的特质，也让我们看到了中华文化源远流长的生命力和凝聚力。

屯堡是贵州地区生动的现实生活，是历史文化的“活化石”，也是一座丰富的宝库。历史的、文化的、民俗的、语言的、音乐的、美术的，乃至社会学、民族学、国家治理的诸多宝贝，琳琅满目，数不胜数。屯堡中也还有一些未解之谜有待开启。当代人有责任保护和传承这份宝贵的文化遗产，也有义务开发和利用这份宝贵的文化遗产。对屯堡进行深入研究，整理、研究屯堡的历史文化，深刻认识它的精神内涵，挖掘它的当代价值，是保护和传承屯堡文化的基础，也是开展保护和传承工作的前提。

对屯堡的研究，从20世纪20年代就开始了，到20世纪80年代成为一个热点。近二十多年，屯堡引起了社会各界更多的关注，许多学者和学术机构投入到屯堡的研究中，屯堡研究已经成为一个正在兴起的新学科。数十年来，在各个学科领域对屯堡的研究，已经获得了一大批成果，屯堡的历史面貌和文化价值越来越广泛地被认知。当前，在举国弘扬和传承中华优秀传统文化的形势下，有必要对以前的研究做一番梳理和总结，以推动屯堡研究开出新的生面。

2023年，中共贵州省委宣传部决定实施“四大文化工程”，把编辑出版《屯堡文丛》作为其中一项重要工作。《屯堡文丛》设计规模宏大、体例严整、内容丰富，包括历史文献、专题研究、资料整理、文学艺术和创造性转化创新性发展共5个书系。可以说，《屯堡文丛》囊括了有关屯堡历史文化的全部内容。《屯堡文丛》是对屯堡文献的全面收集和整理，是对以往屯堡研究成果的完整总结，也是为今后屯堡的保护、研究和开发利用打下的坚实基础。对屯堡的历史文献和资料进行收集整理，本身也带有抢救保护的意义，让这些宝贵的文献资料不再丢失，将它们挖掘出来，服务于当代社会和文化建设。对前人的研究进行总结，同时是一项具有前瞻意义的工作。一切研究和实际工作，无不是在前人成果的基础上进行的，利用成果，汲取经验，以开辟新的路径，取得新的成果。《屯堡文丛》秉持全新的出版理念，精心编辑、精心制作，努力为全社会奉献出文化巨制、文化精品。相信，《屯堡文丛》的出版，将会为社会各界提供更多的方便，大大推进屯堡文化的研究、传布和开发利用。无疑，《屯堡文丛》的出版，也将进一步彰显屯堡的价值，助益于传承和弘扬中华优秀传统文化，助益于维护国家统一、促进民族融合的伟大事业。

2024 年 2 月 24 日于小泥湾

序

屯堡文化是贵州多元文化版图中重要的组成部分，具有独特的内涵和多样的形态，不仅是贵州多民族文化的代表，也是江淮民俗文化活态传承至今的载体，它融合了中原和江南文化的元素，同时保持了其地区文化的特点和中华传统文化的内涵；它既是屯堡人恪守文化传统的成果，又是在长期生产生活实践中创造的独特地域文化，是不可多得的宝贵遗产；它身处一隅，却生动展现了中华大地各民族交往交流交融的宏伟历程，对研究、铸牢中华民族共同体意识具有重要价值。如何挖掘、弘扬屯堡这一珍贵历史文化遗产的时代价值，是值得深入思考研究、汇聚力量加快推进的一项重大文化工程。

为此，中共贵州省委宣传部推出了《屯堡文化研究转化传播重大文化工程工作方案》，旨在深化对屯堡文化的研究，实现其创新性发展和创造性转化，突显其在保卫国家统一和促进民族融合中的重要价值，同时也为中华优秀传统文化的传承和发展做出新的贡献。其中，贵州民族出版社承担了“屯堡文丛·文学艺术书系”部分丛书的编辑出版工作，该系列图书注重呈现文学原创和屯堡地戏艺术精品，聚焦了安顺独特的屯堡文化和多元文化的交融，以期让更多人主动地了解、关注、传播屯堡文化，使其在新时代焕发新活力。

“屯堡文丛·文学艺术书系”在守正的前提下，不断将传统与现代有效结合，通过深入的田野调查和精心编纂，将这些珍贵的资料集结和出版，为研究者和爱好者提供了宝贵的资源，同时也为贵州屯堡文化的全面展示奠定了坚实基础。“屯堡文丛·文学艺术书系”着眼于贵州的历史发展脉络，挖掘出屯堡文化具有“磨洗认前朝”的重大历史价值，并弘扬其在铸牢中华民族共同体意识方面的重要文化价值。

回顾历史，我们不得不为祖先的勤勉、智慧和文化创造深感自豪。他们赋予我们的这份珍贵文化遗产，不仅见证了中华民族的深厚历史和悠久传统，更成为我们文化根脉的重要组成部分。展望未来，我们深感荣幸与责任重大。我们深知，保护和传承好贵州的非物质文化遗产，不仅是贵州文化创新发展的客观需求，也是在全球化背景下保持文化多样性和独特性的现实需求。我们期待着通过共同的努力，将这份丰富而多元的文化遗产更好地传递给后世，让它们继续照亮我们的前行之路，为我们提供不竭的智慧和灵感。

是为序。

前 言

地戏，原称“跳神”，以其古朴粗犷的风格深受当地人民的喜爱。屯堡先民大多是通过军屯这一方式驻留当地，骨血中流淌着忠君爱国之情与对金戈铁马生活的向往。往昔，地戏是屯堡人在农闲之余的娱乐方式，地戏演出无须繁复的舞台搭建，只需在乡村田坝寻一开阔之地，便可上演精彩纷呈的戏剧。演员们通过演绎英勇征战的传奇故事，不仅为屯堡民众带来欢乐，更在无形中凝聚人心，教育民众爱国尚武。这成为屯堡文化中不可或缺的一部分。

地戏谱书是农耕时代屯堡社区“说书”（说唱）与“演剧”的重要凭据。

说唱文学，这一盛行于宋元时期的文体，以其通俗易懂、朴素自然、情节生动的特点深受百姓喜爱。地戏谱书正属于这一文学范畴，它采用七言为主，间杂五言和十言的韵文形式，朴实无华，描写自然活泼，语言通俗生动。在农闲的夜晚，无论是灯光下还是月色中，村民们五人一组、十人一堆地聚在一起，讲唱地戏谱书，以此取乐。他们不仅从中熟谙中国的历史，更能领略到为人处世的道德风范。

“说书”相对随意，而“演剧”属慎重之事。每当新春伊始或七月中元节到来，戏班便会举行庄重的仪式，请出“神灵”。演员们戴上面具，穿上战裙，手持木质兵器，在一锣一鼓的伴奏声中，高歌猛进，围场“跳神”，既娱人又娱神，祈求丰收与平安。

地戏谱书主要来自对明清演义小说的拆编改编，内容以历朝历代的征战故事为主，其中所塑造的人物，无论是封神英雄、三国猛将，还是薛家将、杨家将、岳家将、瓦岗好汉等，都是屯堡村民所钟爱的角色。几百年来，地戏在以屯堡人为主的村寨中一直流传不衰。在其中，你找不到才子佳人的柔情蜜意，也寻不见清官公案的正义凛然；既不见《窦娥冤》般的悲痛哀婉，也没有《风筝误》式的妙趣横生。它聚焦的，是与屯堡人生活紧密相连的军旅征战故事，是对那些忠义之士、报国良将的深深赞美。

然而，地戏谱书因其过于通俗而少文采的特点，长久以来并未得到大雅君子和文人秀士的足够关注。它的传承全靠农村中的知识分子用白皮纸手抄而代代相传，但由于历史资料匮乏，地戏谱书的具体形成地点、时间和作者都难以考证。这些当初由戏班出资请人精心抄写的地戏谱书，以及与之相伴的成千上万的地戏面具，随着时间流逝，仅有极少数得以保存。

如何对地戏这一传统文化形式进行传承与保护，让更多人领略其魅力，并推动地戏文化的广泛传播与发展，确实是一个值得深思的问题。

为此，帅学剑老师倾注了数十年的心血，对地戏谱书进行了深入的搜集、整理与校注。按照中共贵州省委宣传部《屯堡文化研究转化传播重大文化工程工作方案》中关于高质量促进屯堡文化的传播推广的要求，贵州民族出版社还与贵州广播电视台展开了深度合作，致力通过融媒体出版的方式，传承地戏这一独特的艺术形式，为传承和弘扬中华优秀传统文化贡献一份微薄之力。我们精心挑选了每部地戏谱书的精彩片段，并邀请了少数能够演绎部分剧目的传承人进行精彩演绎。这些演绎视频以二维码的形式附在每本书的开头，读者只需用手机轻轻一扫，便能立即欣赏到与书本内容紧密相关的精彩地戏视频。

此次地戏谱书的融媒体出版，无疑是对地戏保护与传承的一次有效抢救。为尽可能保持地戏谱书的原貌，我们在编辑过程中，对原本的错别字进行了纠正，为说白加上了标点，修正了拗口的韵律，调整了不通顺的句子，补充了缺失的句段，并对方言土语进行了注释。我们完全保留了原唱本的内容和样式，以期让读者能够感受到最真实、最原始的地戏谱书风貌。

在搜集、拍摄过程中，我们深切地感受到了地戏传承的艰辛，以及当地人对地戏深藏在心里的热爱。因此，我们希望通过这套书，唤起人们对地戏的关注，让读者不仅能够深入了解地戏的文学形式和表演形式，更能感受到其中蕴含的深厚历史人文价值和独特艺术价值，让这一宝贵的文化遗产得到更广泛的传播，能够更长久地流传下去。

目　录

第一章　姜子牙金台拜将　孔宣兵阻金鸡岭

唱 上文飞虎出五关／下文凤鸣在岐山／子牙登台传众将／便令天化先行官／你掌前队先锋印／开路搭桥事当先／再令武吉南宫适／左右二哨掌兵权／回头又把哪吒叫／你领雄兵作后援／四将拜辞领令箭／子牙又把将令传／郑伦行孙与杨戬／你三人担任三路催粮官／子牙中军挂帅印／旗分五色甚威严／点齐人马六十万／放炮十响进五关／这才是纣王无道宠婵娟／锦绣山河起狼烟／黎民百姓遭涂炭／英明圣主出岐山

白 子牙大军兵出西岐，过了首阳、燕山，来到金鸡岭下。探马回报："岭上有一支人马阻住去路，请令定夺。"子牙问曰："哪位将军前去见阵，立此头功。"左哨先行官南宫适应答曰："末将愿往。"子牙曰："首次出军，将军宜当谨慎小心。"南宫适答曰："末将谨记。"说罢，提刀上马，冲出营来。来到战场，见一将乌马长枪，好不威风。南宫适问曰："你是何人？敢阻我西岐大军！"魏贲答曰："吾要面见姜元帅，请将军代为通报。"南宫适大怒骂曰："无名小辈！敢阻西岐大军，还出此狂言。"便手提大刀劈面砍来，魏贲将枪架住，一场大战。

唱 话不投机怒生嗔／两下拳手动刀兵／枪来点点雪花舞／刀去阵阵恶风生／这一个是来投真主／这一个保主去东征／枪刺咽喉离半寸／刀劈顶门差几分／看看斗有三十合／杀得宫适汗淋淋／魏贲心中暗思忖／擒他一将显显能／右手提枪将刀架／左手抓住战袍裙／大喝一声来提起／将宫适抓下马能行／军士上前才要捆／魏贲说不可乱捆南将军／将军呀适才末将多得罪／还望将军恕罪名／烦将军去把元帅禀／你就说魏贲求见在辕门／宫适回营来交令／子牙一见怒气生／今日开兵就败阵／如何还能做先行／喝令左右推去斩／军士推出要施

刑／魏贲看见一声喊／不可伤害南将军／请去再禀姜元帅／魏贲请罪在营门／军士回营一声禀／走出安邦定国人

白　子牙听得军士禀报，说魏贲在营门求见。子牙带领哪吒走出营来，魏贲跪在道旁曰："末将不知元帅驾临，冒犯虎威，望乞恕罪。元帅起仁义之师，伐无道昏君，魏贲不才，愿效犬马之劳，以慰平生之志。"子牙闻言，心中大喜，扶起魏贲，抚其背曰："将军深明大义，乃武王之宏福也。"忙命南宫适解下左先锋印，交与魏贲将军。众将军贺曰："方才兴兵就得一员大将，此乃大吉之兆也。"

唱　不表魏贲投真主／回文又表汜水关／韩荣听得张山死／洪锦西岐结良缘／子牙登台已拜将／选择吉日进五关／急忙写好告急本／差人朝歌禀根源／差官接书不怠慢／出城上马紧加鞭／十万火急朝前赶／军机房内把书传／微子接书从头看／心中好似滚油煎／次日抱本上金殿／不见纣王坐朝班／急匆匆打响催驾鼓／催促纣王上金殿／殷纣他正陪美人在饮宴／只听得催驾鼓儿响连天／走下楼台上金殿／又只见微子皇兄跪殿前／纣王说皇兄何事快启奏／微子把本往上传／纣王将本看一遍／皇兄呀何人领兵解眉燃／微子说只有三山关上孔宣将／法术高明武艺全／派他西岐去征讨／保主江山得平安／纣王闻言龙心喜／火牌令箭付差官／差官接令哪敢慢／不分昼夜奔前川／行程不觉来得快／扬鞭打马进三关／喊声总兵快接旨／孔宣接来用目观／从头至尾看一遍／手指西岐骂狗蛮／待吾亲自领兵去／不平西岐誓不还／手捧四十八两元帅印／带兵十万离三关／晓行夜住来得快／不觉来到汜水关／韩荣关外来接住／元帅呀西岐人马已出山／孔宣传令往前赶／金鸡岭上扎营盘／各处堵住咽喉路／看他周兵会飞天

白 孔宣大兵堵住金鸡岭咽喉要道，周兵不能向前。子牙传令人马在山下扎营，命探事官打探是何处人马阻挡大军。

唱 不说西岐探听事/又表孔宣在营中/孔宣升帐来坐定/哪位将军建头功/旁边闪出陈庚将/末将愿去斩顽凶/说罢提戟跳上马/人似铁塔马如龙/一马飞下金鸡岭/叫骂如雷震长空/军士一见这光景/回营报与姜太公/外面有贼来讨战/骂声连天震耳聋/子牙还未来吩咐/闪出天化正先锋/弟子愿去会来将/子牙说务必谨慎记心中/天化回言我知道/提锤上了兽玲珑/催开麒麟到阵上/见一将黑面獠牙甚威风

白 天化在麒麟上问曰："你是何人，胆敢阻挡周兵去路。"陈庚答曰："某乃三山关总兵元帅孔宣麾下正印先锋陈庚是也。西岐乃纣王驾下的一路诸侯，胆敢犯上作乱，吾不杀你，快叫姜尚出来会我。"天化闻言，心中大怒，手举银锤劈面打来，陈庚将画戬架住，二将开始一场争斗。

唱 这才是纣王无道宠娇娘/金鸡岭前动刀枪/陈庚说为何以下来犯上/天化说昏君无道乱朝纲/也是黎民皆有难/红黑二将比高强/玉麒麟对着乌骓马/紫金锤迎着画戟枪/看看争斗三十合/急坏天化少年郎/今日若是不取胜/无颜回营见父王/想罢提锤将戟架/火龙镖举遮太阳/大喝一声镖来了/正中陈庚耳门旁/鞍桥上面晃几晃/一跤跌倒见阎王/天化下骑取首级/得胜鼓打转营房/进帐来见姜丞相/交战情形讲端详/杀贼先锋陈庚将/子牙听说喜洋洋/不说周营得胜事/再表那残兵败阵走忙忙/跑上岭来见元帅/陈将军战场失机一命亡/孔

宣闻听微微笑／陈庚他学艺不精遭祸殃／哪位将军再出战／孙合说末将愿去走一场／提刀跳上黄彪马／炮响三声冲下岗／来到阵前高声骂／谁敢与吾战一场／巡营军士来看见／报与元帅知端详／有一红脸贼子来讨战／凶神恶煞似虎狼／子牙说哪位将军去出阵／闪出武吉跪帐房／弟子愿去会来将／子牙说见机而作休逞强／武吉说元帅教导我记心上／神枪精熟谅无妨／言罢提枪跳上马／带领三千健儿郎／一马来到战场上／骂一声红脸贼子休猖狂

白　武吉来到战场，大喝曰："红脸贼子报上名来，爷爷枪下不杀无名之辈。"孙合闻言大怒，骂曰："反贼听着，某乃征讨大元帅孔宣麾下大将孙合是也。"武吉曰："某乃东征大元帅姜丞相麾下右哨先行官武吉是也。"孙合笑曰："你乃一卖柴樵夫，也敢来战场争斗？快叫姜尚出来会吾。"武吉闻言大怒，抡枪向心刺来，孙合将刀架住，一场大战。

唱　人心相背战事多／金鸡岭下动干戈／这一个枪来犹如虎跳涧／这一个刀去好似龙戏波／只因为纣王无道天下乱／才使得武吉岭下战孙合／这武吉神枪子牙亲传授／舞动梨花遍地落／孙合眼花难招架／武吉大喝一声着／一枪刺在咽喉上／孙合马上滚落坡／武吉下马取首级／儿郎个个奏凯歌／来到营门下战马／进帐来对元帅说／子牙一听心欢喜／功劳簿上把名落／周营得胜且不表／回文又把败兵说／一见主将落马死／四散奔逃才走脱／回营来对元帅讲／孙合将军见阎罗／孔宣闻言心大怒／他斩我二将实可恶／明日待某去出阵／擒拿贼首解朝歌／一夜晚景难言尽／次日太阳出东坡／次日孔宣升宝帐／高继能上帐打躬把话说／今日末将去出阵／看看胜负又如何／孔宣说上阵之时要仔细／继能说不劳吩咐会斟酌／说罢提枪跳上马／带领人马下山坡／一马来到战场上／巡营小军你听

着／快发能将来会我／若迟延叫你全军不能活／军士听罢忙回报／外面的讨战贼子实可恶／吼声如雷叫交战／污言秽语请定夺／子牙未曾来开口／哪吒擦掌把拳磨／今日弟子去出阵／将贼生擒来活捉／子牙听罢将头点／李哪吒提枪蹬轮出营郭

白 高继能见一将蹬轮如飞而来，大叫曰："蹬轮者可是李哪吒么？"哪吒曰："既知我名，还不下马受缚，等待何时？"高继能答曰："你只能胜得过无名之辈，今日遇着高爷，恐你一世英明将付之东流。"哪吒听罢，心中大怒，手提火尖枪当胸刺来。高继能急架相还，一场恶战。

唱 哪吒动了无名火／火尖枪举刺胸前／高继能眼明手又快／长枪一摆两相还／哪吒说纣王无道江山乱／英明圣主出岐山／继能说你以下犯上就该斩／乳臭未干乱胡言／看看斗上数十合／高继能难抵小神仙／心想要把法术展／哪吒先祭乾坤圈／此乃乾元镇山宝／落将下来实非凡／响亮一声来打下／继能左臂中宝圈／勒转战马败下阵／逃命犹如风吹烟／哪吒也不去追赶／凯歌高奏转营盘／不说哪吒得胜事／又表继能败阵还／来到营门下战马／进帐来把元帅参／今日末将去出阵／被哪吒乾坤圈子伤左肩／孔宣忙把丹药取／内服外擦一时痊／孔宣银牙来咬断／贼姜尚连伤我大将有三员／明日待吾亲自战／不擒姜尚誓不还／说着说着天色晚／一宿已过又明天／次日天明点人马／炮响三声冲下山／一马来到战场上／大喝巡营报事官／快叫子牙来会我／迟延片刻踏营盘／军士听罢忙回禀／孔宣讨战在营前／子牙闻报叫左右／排班出阵会孔宣

白　孔宣见子牙人马出营，队伍整齐，战士雄健，旗帜鲜明。孔宣暗想，姜尚不愧将才。子牙一见孔宣形容怪异，面貌非凡，身后有红黄黑白绿五色华光，隐约可见。子牙心下大疑，忙催四不像上前，拱手为礼曰："孔元帅请了。"孔宣答曰："姜尚！闻你乃昆仑道德之士，为何不守君臣之道，犯上作乱？岂不背千载骂名乎。"子牙对曰："元帅之言差矣！纣王无道，荒淫酒色，昏乱久矣。各路诸侯，纷纷起来讨伐昏君，不久将大会孟津。孔元帅为何不明事理，不思进退，逆天而行？此乃自取灭亡之道也。"孔宣闻言大怒骂曰："姜尚！你一派胡言！乃无父无君之辈，还敢在两军阵前妄谈天命？"说罢，拍马舞刀，直取姜尚。洪锦提刀从旁架住，一场争战。

唱　孔宣抡刀砍姜尚／洪锦提刀架一旁／孔宣说贼呀纣王有何亏待你／卖主求荣去投降／洪锦说纣王无道天下反／杀妻灭子害忠良／孔宣说普天之下皆王土／西岐不该自称王／洪锦说天下黎民受苦难／上天降罪灭成汤／洪锦素知孔宣勇／抢先下手方为强／用刀一指旗门遁／洪锦隐身旗中央／孔宣一见哈哈笑／这套把戏太平常／左肩一抖黄光现／将洪锦拿去不知在何方／孔宣将光来收了／耀武扬威在战场／周营众将看呆了／孔宣杀至阵中央／子牙催动四不像／宝剑招架战一旁／子牙说你是何方妖魔怪／胆敢逆天抗穹苍／孔宣说混沌初开吾出世／人东土来根四方／就是你昆仑师尊到／吾也要与他分高强／子牙闻言心冒火／打神鞭在手中藏／举起鞭子才要打／孔宣身后起红光／红光一扫鞭脱手／子牙一见心内慌／急忙勒转四不像／鸣锣收兵转营房／孔宣也不去追赶／得胜鼓打回山冈

白　子牙回营坐下，因战场失利，心中闷闷不乐。暗思孔宣不知何物成精，道术如此厉害！不如趁其得胜疏于防备之时，今晚劫他营寨，救出洪锦，再作区处。

唱 子牙想罢主意定/升帐便把令来行/开言便把哪吒令/你冲孔宣大辕门/黄天化领一支令/冲杀孔宣左大营/回头又叫雷震子/你冲孔宣右辕门/三人退下作准备/夜半三更就起身/不说周营安排定/又表金鸡岭上人/孔宣得胜回营转/洪锦关押在后营/孔宣说人称子牙道术狠/在我看来是虚名/明日再把子牙会/定将老贼一鼓擒/众人正在来议论/忽然头上狂风生/风折旗杆为两段/孔宣袖内定指凭/屈指一算哈哈笑/今夜子牙来偷营/孔宣开言叫周仗/你守右营要小心/周仗告辞出帐去/孔宣又令高继能/左营交你去把守/不可放走一贼兵/继能拜辞出帐去/孔宣自守在中军/不言孔宣安排定/又表周营劫营人/营中更鼓三下响/哪吒蹬上风火轮/雷震子展开风雷翅/黄天化催动玉麒麟/偷偷摸上金鸡岭/灯火不明人无声/三人发威才杀进/只听得炮响一声灯火明/孔宣堵住中军帐/左营现出高继能/周信守住右营寨/处处只听喊杀声/哪吒杀进中军帐/孔宣接住两相争/孔宣说今日落在吾的手/要想逞强万不能/哪吒说小爷战过百十阵/还未怕过任何人/刀枪并举叮当响/杀得难解又难分/二人争战且不表/又表震子进右营/只见周信右营等/震子一棍下无情/周信将枪来架住/空中马上两相争/震子棍如泰山重/棍棍不离脑顶门/方才战上三五合/周信难抵飞将军/震子一棍来打中/周信一命归了阴/震子飞进中军帐/帮助哪吒去战争/黄金棍子往下打/孔宣招架费精神/忙将黄光往上扫/拿去震子无影形/哪吒一见事不好/脚蹬火轮要抽身/孔宣白光只一扫/哪吒抛枪也被擒/不说二人被擒事/又表天化闯左营/一拍麒麟杀进去/遇着大将高继能/天化双锤如雨点/继能长枪似飞腾/天化年少血气盛/双锤越舞越精神/继能一见难取胜/拨转马头走如云/天化催骑随后赶/继能一见喜在心/蜈蚣袋子只一抖/满天蜈蚣飞成群/团团围住黄天化/天化舞锤护面门/黑夜之间难防备/麒麟眼睛被虫叮/麒麟护痛直立起/天化跌倒地挨尘/继能起手一枪刺/天化一命赴幽冥/等待太公封神榜/那时才得享安宁/不言孔宣全得胜/又表残兵

败回营 / 叫声元帅不好了 / 今晚劫营遇灾星 / 哪吒雷震被擒去 / 黄天化蜈蚣虫下丧了身 / 飞虎听得天化死 / 捶胸顿足放悲声 / 可怜我儿死得苦 / 三岁离家去修行 / 武艺学成扶周王 / 屡次战场建功勋 / 只说灭纣把仇报 / 河清海晏享太平 / 未进五关先丧命 / 白发人送黑发人 / 飞虎哭得如酒醉 / 周营将士泪淋淋

白　南宫适见武成王哭得悲凄，上前躬身曰："大王可往崇城，搬请崇侯虎破此妖术。"飞虎闻言，对子牙曰："末将神思昏乱，请元帅准末将崇城搬兵。"子牙答曰："将军请便。"飞虎辞了元帅，取道崇城而来。

唱　这才是子死沙场父凄凉 / 飞虎上牛走得忙 / 逢山不看砍柴汉 / 遇水哪管钓鱼郎 / 在路行程来得快 / 不觉来到一山冈 / 耳听战鼓咚咚响 / 兵器交加响叮当 / 飞虎催牛近前看 / 三人停战收刀枪 / 飞虎说你三人因何来争斗 / 三人说是我们练武在山冈 / 崔英蒋雄与文聘 / 义结金兰飞凤庄 / 今日看见你模样 / 莫非镇国武成王 / 飞虎点头言说是 / 三人跪拜在路旁 / 大王因何到此地 / 飞虎仔细说端详 / 我们愿随大王去 / 青史留名万古扬 / 说罢四人齐上路 / 崇城城内走一场 / 进城忙把军士问 / 君侯帅府在何方 / 军士急忙用手指 / 桥头之上是衙房 / 言罢反身进帅府 / 报与侯爷知端详 / 外有四人来求见 / 一人自称武成王 / 侯虎听得飞虎到 / 降阶迎接进府堂 / 大王呀哪阵大风刮动你 / 有何贵干到敝方 / 飞虎说吾子死在金鸡岭 / 贼将蜈蚣把人伤 / 因此特来请足下 / 破此妖术灭成汤 / 既是大王亲到此 / 同到周营走一场

白 四人准备停当，离了崇城，往金鸡岭而来。走进宫内，飞虎向子牙介绍曰："此乃崇君侯。这三位是新认兄弟，名叫文聘、崔英、蒋雄。"子牙见礼已毕，分宾主坐下。子牙曰："有劳诸位大驾，破贼将妖术。一来为黄将军报仇，二来进五关，在孟津大会诸侯。"侯虎曰："某等既到，愿去讨战，早破贼兵。"言罢四人上马，往金鸡岭下而来。

唱 四人来到金鸡岭 / 大呼岭上众兵丁 / 快快报与你主将 / 我们要会高继能 / 军士进帐忙去禀 / 元帅在上听原因 / 外有贼将来讨战 / 坐名要会高将军 / 孔宣便把继能令 / 你下岭去会来人 / 继能领了元帅令 / 提枪上马冲出营 / 一马来到战场上 / 一见侯虎吃一惊 / 你在北方为总镇 / 因何到此助反贼 / 侯虎说今日特意来拿你 / 以表灭纣一片心 / 继能闻言心大怒 / 举手抡枪刺当心 / 侯虎提斧来架住 / 一来一往大交兵 / 蒋雄崔英与文聘 / 各催战骑来帮争 / 战鼓阵阵催人进 / 儿郎个个喊杀声 / 子牙便叫黄飞虎 / 你出营去帮四人 / 飞虎一声来答应 / 提枪跨上五色神 / 大喝一声冲上阵 / 五人围住高继能 / 咱这杆枪也不善 / 挡住周营五将军 / 五件兵器如雨点 / 五岳大战黑煞神 / 虚晃一枪败下阵 / 蜈蚣袋子手中存 / 袋子一抖蜈蚣现 / 千万蜈蚣来咬人 / 侯虎一见蜈蚣到 / 手拿葫芦念咒文 / 只见一道黑烟起 / 千万金鸡飞成群 / 爪抓嘴啄翅膀打 / 蜈蚣吃得无影形 / 继能一见破了宝 / 拨转战马又相争 / 飞虎提枪来接住 / 长枪舞动恶风生 / 飞虎要报杀子恨 / 枪枪不离前后心 / 大喝一声枪来了 / 继能滚下马能行 / 飞虎复又一枪刺 / 高继能一命归了阴 / 五人才要收兵转 / 孔宣飞马到来临 / 大叫一声黄飞虎 / 杀吾大将想逃生 / 提刀照着飞虎砍 / 飞虎长枪忙相迎 / 侯虎四人发声喊 / 围住孔宣在核心 / 孔宣空有法术狠 / 难敌五位上将军 / 杀得孔宣脚手乱 / 拨马跳出阵中心 / 双肩摇动华光现 / 凭空拿去五个人 / 不说孔宣收兵转 / 又表败兵转回营 / 进营来对元帅

禀 / 五将凭空又被擒 / 子牙闻言心忧闷 / 孔宣法术太惊人 / 何时才过金鸡岭 / 何时才能会孟津 / 帐中闷坐苦无计 / 来了杨戬解粮人 / 走进帐来拜元帅 / 弟子解粮转回程 / 元帅呀为何还在金鸡岭 / 子牙说孔宣堵住兵难行 / 连擒我大将八员整 / 五道华光惊鬼神 / 杨戬说弟子身带照妖镜 / 明日元帅可出征 / 弟子旁边将他照 / 看他是什么妖精修炼成 / 子牙说道言有理 / 一夜无言到天明 / 次日子牙传将令 / 今日出征要小心 / 说罢上了四不像 / 众位门人随后跟 / 大叫孔宣来会我 / 军士上岭报军情 / 子牙岭下来讨战 / 请令定夺怎施行 / 孔宣心中暗思忖 / 不知请来甚高人 / 提刀上马到岭下 / 来到战场看分明 / 只见杨戬在后面 / 偷偷在照我的身 / 孔宣大声叫杨戬 / 上前来照看得清

第二章　准提道人收孔宣　洪锦大战佳梦关

白 杨戬被孔宣说破，走马直出阵来，将照妖镜对着孔宣照来照去，只见镜内是一块五色玛瑙，滚来滚去，看不清楚是何物。孔宣骂曰：“杨戬小儿！看清吾的来龙去脉了吗？”问得杨戬哑口无言，低头不语。孔宣大怒，举手抡刀向杨戬砍来。杨戬三尖刀急架相还，一场大战。

唱 这才是菩提树上一鸟仙／金鸡岭前把路拦／孔宣开口骂杨戬／在吾面前弄机关／知你八九玄功妙／我只拿当把戏玩／杨戬闻言心大怒／孔宣休得逞凶顽／吾知你根基多深厚／为何强行来逆天／逆天行事遭天谴／那时后悔也徒然／暗暗放出哮天犬／张牙舞爪咬孔宣／孔宣华光只一抖／狗儿栽进光里边／华光又来卷杨戬／二郎神化阵清风走如烟／韦护一旁来看见／手提宝杵冲上前／降魔宝杵照顶打／孔宣招架不沾边／来往战上三两合／韦护宝杵祭空间／只见一道华光现／宝杵不知落哪边／韦护慌忙躲进阵／李靖提枪战孔宣／两厢儿郎齐呐喊／战鼓咚咚震云端／三十三天黄金塔／起在空中实非凡／孔宣华光往上卷／宝塔李靖齐卷完／孔宣华光来收下／恼了周营二小仙／金木二吒齐上阵／要想救父转回还／金吒祭起遁龙桩／木吒吴钩剑飞天／孔宣华光向上搅／两件宝贝落里边／二人抽身才要走／孔宣华光往下翻／华光一卷人不见／恼了子牙帅魁元／吾在昆仑曾修炼／见过多少大罗仙／匹夫你逞道术狠／拿我战将几十员／今日拼死与你战／不斩匹夫我心不甘／太阿宝剑当头砍／孔宣刀架两相还／两位元帅亲自战／杀得地覆与天翻／孔宣连战身疲倦／要擒子牙把功全／双肩一抖华光闪／青光要把子牙拴／子牙杏黄旗一展／浑身上下现金莲／万朵莲花来护住／挡住华光在外圈／恼了女将邓婵玉／五光宝石拿手间／石头照着孔宣打／打得面门紫一团／孔宣负痛勒马走／公主祭起剑飞鸾／公主乃是瑶池女／飞鸾宝剑实非凡／飞剑照着孔宣斩／剑伤左肩血染衫／大叫一声痛杀我／打马加鞭败阵还／子牙也不去追赶／鸣金收兵转营盘／回到营中来坐下／越思越想越愁烦／杨戬上前来拜

见／二人对坐默无言／军士进帐来禀告／陆压求见在外边／子牙出帐来迎接／陆压进帐把话谈

白　陆压对子牙言道：“孔宣依靠法术，兵阻金鸡岭，使你不能前进。”子牙曰：“孔宣身后五色华光厉害，连摄去我周营将官一十三员。老夫幸有杏黄旗护住，方脱此难。吾想收兵回去，又恐违了天意，实感进退两难，请道友教我。”陆压曰：“待贫道来日会他，看是如何再作区处。”

唱　不表两人来谈论／孔宣败阵咬碎牙／回到营中来坐下／取出丹药伤处擦／也是仙丹妙用大／脸上消肿手不麻／一时三刻就痊愈／孔宣未伤一毫发／两个贱人使奸诈／某家未曾提防她／明日周营去讨战／一定要将贱婢拿／次日起来忙披挂／清理背后五光华／来到战场高声骂／快叫贱人来会咱／军士一听心害怕／跑进帅府说根芽／孔宣营外又讨战／要请元帅想办法／子牙尚未来答话／陆压说贫道前去会会他／说罢提剑出营外／孔宣一见把话发

白　孔宣一见陆压出营，上前打稽手曰：“陆压！你乃西昆仑闲散之士，到此为何？”陆压答曰：“只为你阻挡子牙东征，误斩将封神之期，故特来劝你，不要违抗天命。”孔宣闻言大怒骂曰：“陆压！你好大话，吾得道之时，你还是一扁毛畜类，胆敢在吾面前妄谈天命耶？”言罢，纵马舞刀直取陆压。陆压将剑架住，一场争斗。

唱　孔宣阵前怒冲冲／手起一刀劈当胸／陆压将剑来架住／两位高人大交锋／这一个原是深山一支凤／这一个捉鱼捕虾钻芦篷／修炼千年成大道／西昆仑

下根基雄/陆压说你助纣为虐有何用/纣王无道天不容/孔宣说两军阵前只言勇/管他天地容不容/来来往往数十合/孔宣阵上显神通/右边肩膀一甩动/绿光一闪来得凶/陆压一见事不好/身子一纵化长虹/只见一道长虹闪/陆压走得影无踪/回到营中来坐下/开言叫声子牙公/孔宣华光真厉害/不知何物修成功/只有按兵暂不动/自有高人收顽凶

白 子牙听陆压之言，心中更加忧闷。忽有军士进帐报曰：“孔宣仍在辕门叫骂，请令定夺。”子牙答曰：“由他叫骂，紧守营盘，不理睬便了。”孔宣正在叫骂，忽见周营有粮草来到。

唱 孔宣一见粮车到/口不叫骂喜眉梢/我把粮草来劫了/周营士兵怎开交[①]/兵无粮吃自散跑/擒拿武王押进朝/回头便把军士叫/抢他粮食几千挑/土行孙一摆手中黄金棍/哪个敢动一毫毛/孔宣一见哈哈笑/矮子不满三尺高/喝声矮子快让道/不然叫你吃钢刀/行孙一见骂强盗/黄金棍下定不饶/说罢一棍就来到/孔宣刀架把兵交/一个马上称上将/一个步下算英豪/行孙身子多灵巧/孔宣马上难弯腰/围住孔宣左右跳/打得孔宣汗湿袍/行孙一见微微笑/骂声孔宣太草包/何不下马与爷战/显点本事与你瞧/孔宣一听言有理/矮子还算小英豪/翻身下马提剑战/棍来剑挡冒火苗/行孙步战习惯了/棍法精熟武艺高/孔宣本是马上将/转身缓慢棍难招/挨了行孙好几棍/才知中了计笼牢/子牙听得军士报/便令婵玉走一遭/婵玉走马出营外/见孔宣左挡右架实难熬/孔宣便把华光撒/捉住矮子恨才消/行孙一见华光到/将身一扭土内逃/孔宣埋头四处找/婵玉石头奔眉梢/出手大喊一声中/孔宣面门被打泡[②]/哎呀一声掩面

① 怎开交：怎么办。
② 泡：浮肿。

走 / 婵玉二石随后抛 / 后颈上面着一下 / 打得孔宣身乱摇 / 翻身跳上走阵马 / 哼哼哈哈往回逃 / 忙取丹药来服下 / 咬牙切齿恨难消 / 挨了此妇三石子 / 拿住她砍断双手把筋挑 / 次日天明忙披挂 / 气愤难平手提刀 / 一马来到战场上 / 大叫女将把兵交 / 军士进帐来禀报 / 孔宣只会女英豪 / 子牙说先把免战牌挂了 / 等待时机灭贼枭 / 孔宣一见挂免战 / 收兵回宫慢停调 / 明日杀进周营去 / 擒他君臣献当朝

白　子牙在营中暗想：兵未进五关，就被孔宣阻在金鸡岭下，如之奈何？忽有军士进营禀报："启禀元帅，外有燃灯师来到。"子牙听报，心中大喜，率领门人迎出帐来。进帐中坐下，子牙口称："老师，孔宣阻住大兵，不能前进，无可奈何。"燃灯曰："贫道特为此事而来。先挂免战牌，贫道明日会他。"

唱　一夜晚景难言尽 / 铜壶滴漏五更初 / 孔宣天明忙洗漱 / 提刀上马把营出 / 来到战场高声骂 / 子牙引领来受戮 / 军士进营来禀报 / 孔宣讨战在外头 / 燃灯闻报出营外 / 见孔宣品格清奇非凡夫 / 燃灯上前开言道 / 将军为何太糊涂 / 兴周灭纣是天数 / 量你一木也难扶 / 我劝将军早醒悟 / 弃暗投明归西周 / 孔宣闻言心大怒 / 胡言乱语来欺吾 / 提刀照着燃灯砍 / 二人大战在荒丘 / 一个皈依极乐土 / 一个将来修成佛 / 孔宣说吾知你修炼在灵鹫 / 你就该静诵黄庭念经书 / 今日与吾来相斗 / 怕只怕千年道行一旦休 / 燃灯说你凭法术将兵阻 / 怕只怕多行不义受天诛 / 二人斗上数十合 / 燃灯暗祭定海珠 / 二十四颗珠成串 / 金光闪闪夺二目 / 孔宣华光往上撒 / 凭空收去定海珠 / 燃灯又把金钵祭 / 一心要把孔宣除 / 孔宣华光二次撒 / 紫金钵盂影全无 / 燃灯口内呼弟子 / 飞出去擒这孽畜 / 大鹏答应展双翅 / 爪抓顶门嘴啄目 / 孔宣也把原神现 / 华光护体上天都 / 空中半云又半雾 / 两只神鸟上下扑 / 只听一声巨雷响 / 大鹏落地伤着头 / 燃灯忙将丹药救 / 师徒败阵把兵收

白　燃灯师徒回转营来坐下，唤大鹏问曰："你在空中见孔宣是何物成精？"大鹏答曰："孔宣现出原神与弟子大战，但见它头细尾长，全身上下有五道华光护体，弟子被它红光一扫，扫中头部，跌落尘埃。"子牙在旁对燃灯曰："孔宣华光厉害非凡，阻我大兵在金鸡岭下三月有余，未能进得五关一步，不知如何是好？"燃灯曰："凡事皆有分定，自有高人前来收他。"

唱　不言周营在议论／又表西方得道人／准提坐在蒲团上／耳烧面热不安宁／抬起头来望东土／只见东土杀气腾／贫道东土走一走／佛法普度有缘人／孔宣与我有缘分／贫道度他脱红尘／七宝树枝拿在手／脚踏祥云往东行／霎时到了金鸡岭／按落祥光到周营／准提便把军士叫／烦你报与元帅听／你说西方散人到／军士听罢进了营／营外来一老道者／自称西方大善人／燃灯子牙听得禀／率领众人出来迎／燃灯一见准提到／仙风道骨根基深

诗曰："头绾双鬟面慈祥，身披鹤氅道服装。七宝妙树拿在手，瑞气盘旋放豪光。极乐世界二教主，来渡有缘到西方。"

白　燃灯上前打稽首曰："道友从何处而来？"准提曰："吾从西方来，欲会东南有缘者。孔宣虽阻逆大兵，但他与我西方有缘，贫道特来度他到我西方极乐世界。前日广成子道友到我处借青莲宝色旗，会过一面，我乃准提道人是也。"说罢，站起身来，对燃灯一拱手，出营而去。来到金鸡岭上，大呼曰："请孔宣答话。"孔宣正在营中，听得有人呼唤，随即走出营来，见一道人来得蹊跷，大呼曰："道者到此何事？"准提曰："你与我西方有缘，特来度你脱离红尘苦海，到西土清净世界，修成金刚不坏之身。"孔宣大怒骂曰："一派胡言！来此妖言惑众，乱吾军心。"说罢，手提大刀向道人砍来。

唱　孔宣动了无名火／提刀来砍老准提／准提树枝只一刷／孔宣宝刀脱手飞／孔宣一见吓一跳／龙泉宝剑手中提／双手拿紧当心刺／妙树一刷剑又飞／孔宣大怒骂妖道／怎敢无礼把咱欺／双肩抖动华光起／五道华光来得急／准提一见微微笑／你把贫道看作谁／将身进入华光里／华光里面响炸雷／孔宣盔袍齐落地／目瞪口呆若木鸡／准提上了孔宣背／现出法相奇中奇／长出头颅二十四／身长也有二丈余／十八只手拿宝贝／璎珞莲花香扑鼻／绦丝拴着孔宣颈／孔宣头上拍两拍／道友快把原形现／现出原形好回西／孔宣就地打一滚／现出孔雀披彩衣／准提骑上孔雀背／走下岭来见燃灯／孔宣今日已归正／西方世界念慈悲／今日一别改日会／一拍孔雀展翅飞／不表准提西方去／回文又把子牙提

白　子牙见准提道长收了孔宣，率领大兵上了金鸡岭。孔宣原有军士纷纷投降。子牙令兵士到后营放出被擒众将，将宝贝各自收回。燃灯道人告辞回山不表。子牙聚众将曰："前有三关宜分兵取之，才不误大会诸侯之期。我看黄飞虎洪锦两位将军皆将帅之才，请两位率领两支人马前去。黄将军攻取青龙关，前部先锋由邓九公担任；洪锦将军攻取佳梦关，前部先锋由季康担任。吾自领人马攻打汜水关。"洪锦、黄飞虎领令，率领人马各自取关而去。

唱　不言子牙安排定／单表洪锦领兵人／统领人马十万整／季康将军做先行／昼行夜住来得快／佳梦关在面前存／洪锦传令扎营寨／埋锅造饭待天明／洪锦次日升宝帐／哪位将军先出兵／言还未定人答应／闪出季康正先行／末将今日见首阵／洪锦一听心欢喜／季康提刀跳上马／来到关下讨战争／守关士兵一看见／跑进帅府说事因／城外有贼来讨战／启禀总兵得知闻／胡升听报开言问／哪位将军退贼兵／徐坤一旁来答应／末将愿去会来人／提枪跳上走阵马／放炮开关

出了城 / 一马来到战场上 / 季康认得是徐坤 / 季康说徐坤应当知天命 / 弃暗投明保明君 / 徐坤闻言心大怒 / 反贼还敢动嘴唇 / 起手抡枪分心刺 / 季康刀架两相迎 / 徐坤说你背叛降贼该处死 / 季康说你保无道问斩刑 / 银枪舞动龙摆尾 / 大刀砍来虎跳林 / 这一个佳梦关内称上将 / 这一个三山关上称俊英 / 看看斗有三十合 / 季康口内念咒文 / 盔甲之内冲黑气 / 一只大狗气中生 / 徐坤颈子只一口 / 连皮带肉去半斤 / 徐坤鞍桥难坐稳 / 季康一刀下无情 / 季康下马取首级 / 得胜鼓打转回营 / 回营来对总兵讲 / 今日末将胜徐坤 / 洪锦闻言心欢喜 / 功劳簿上记分明 / 不表周营得胜事 / 又表败兵转关门 / 进府来对元帅禀 / 徐坤将军命归阴 / 胡升听罢心忧闷 / 如何才能退周兵

白 次日洪锦升帐，问众军曰：“哪位将军再去讨战，也立一功。”旁边闪过苏全忠答曰：“末将愿往。”洪锦曰：“小将军乃将门之后，定能斩将立功。”全忠深打一躬，手提银枪，跨上战马，往关下而来。来到关下大呼曰：“胡升听着！快发能将会吾。”

唱 军士城楼在守候 / 见一少年喊交锋 / 急忙跑进帅府禀 / 有一少年把关攻 / 胡升还未传将令 / 闪出堂弟胡云鹏 / 末将今日去出阵 / 擒拿贼将转关中 / 胡升只好将头点 / 云鹏跳上马玲珑 / 一马冲到战场上 / 认得小将苏全忠 / 云鹏说你家深受君恩重 / 汝姐朝阳掌正宫 / 为何降贼来造反 / 卖主求荣天不容 / 全忠一听心大怒 / 拍马抡枪刺当胸 / 云鹏将斧来架住 / 枪斧交加各逞雄 / 枪刺咽喉龙戏凤 / 斧劈顶门生恶风 / 全忠少年多英勇 / 云鹏年高手劲松 / 银枪舞动蛇出洞 / 团团裹住胡云鹏 / 大叫一声枪来了 / 云鹏马上倒栽葱 / 全忠下马取首级 / 得胜收兵转营中 / 进帐来把总兵见 / 末将斩了胡云鹏 / 洪锦闻言心欢喜 / 庆贺小将立大

功／不说周营得胜事／残兵败将转关中／跑进帅府来禀报／阵上死了胡云鹏／胡升闻言心内痛／思前想后泪落胸／纣王江山如铁桶／垮如败叶遇狂风／开言便把胡雷叫／为兄说来话心中／看来天意归周主／不如投降姜太公／你我难守这佳梦／城破家亡吃钢锋

白　胡雷听兄长说出投降归周的话，大叫曰："我胡家世受皇恩，理当精忠报国，才是正理。卖主求荣，屈膝投降，乃遗臭万年之事。兄长切不可出此言，明日待为弟出战，定要成功。"胡升见胡雷决意要战，默默无言只好由他。

唱　次日胡雷忙梳洗／翻身跳上马乌骓／一马冲来到阵上／喝一声巡营小军听明白／快去报与你主将／早发能将来会爷／军士听得不怠慢／进帐禀报走如飞／外面有贼来讨战／叫骂之声吼如雷／洪锦闻报开言问／哪位将军走一回／旁边闪出南宫适／末将前去会来贼／说罢提刀跳上马／三千儿郎齐跟随／一直来到战场上／认得来将叫胡雷／宫适说纣王江山已崩溃／螳螂焉能挡大车／胡雷闻言心火起／举手抡刀照顶劈／宫适提刀来架住／两刀相碰火星飞／南爷马上称上将／胡雷刀法也称奇／宫适越战越骁勇／胡雷越战越吃亏／看看斗上数十合／宫适马上要发威／轻舒猿臂来抓住／马上活擒将胡雷／喝叫军士来捆起／高奏凯歌把营回／回到营中来交令／末将生擒将胡雷／洪锦叫声推上帐／这胡雷立而不跪吹胡须／洪锦说见了本帅怎不跪／胡雷说宁愿被斩不跪贼／洪锦吩咐推去斩／刀砍头落不冒血／洪锦设宴把功庆／连胜三阵长军威／酒过三巡菜五味／军士慌张进帐帷／大叫元帅不好了／营外讨战是胡雷／洪锦闻报心大怒／报事不明犯军规／喝令左右推去斩／军士跪地喊老爷／不信出营去观看／果是胡雷非虚伪／旁边闪出南宫适／末将出去看是谁

白　南宫适来到战场一看，果是胡雷，心中暗自奇怪，大喝曰："胡雷小儿！你玩什么妖术，怎能死而复生？"胡雷骂曰："南宫老贼！老爷到阎罗殿，阎罗不收，叫我来杀尽尔等反贼。"宫适闻言心中大怒，拍马舞刀，直取胡雷。胡雷刀架相还，一场大战。

唱　二将战场杀气高／两眼通红刀对刀／宫适本是马上将／西岐城内算英豪／胡雷说任你本事有多好／你把某家怎开销／宫适说这回将你来擒到／铁链捆起架火烧／往来战上三五合／南爷使出杀手招／刀逼胡雷退一步／一抓抓过马鞍桥／吩咐军士快捆好／回转营中把令交／洪锦听得军士报／亲自走出帐来瞧／胡雷一见哈哈笑／咱来去自由任逍遥／洪锦一听双眉皱／这贼不怕项吃刀／龙吉公主前来到／洪锦接住说根苗／公主说分身法儿何足道／封住泥丸不能逃／乾坤钉子来钉了／刀斩胡雷归阴曹

白　胡升听得胡雷被斩，谅孤城难守，吩咐军士打起降旗，准备开城投降。忽有军士来报，有一道姑求见。胡升传令请进。道姑进府，打稽首曰："贫道乃丘鸣山火灵圣母是也。令弟胡雷是我徒弟，贫道特来为他报仇。你不念手足之情，插上降旗，想保荣华富贵么？"胡升听言，低头不语。道姑叫左右："去掉降旗，仍打汤营旗号，明日看吾斩将杀敌。"胡升将兵符令箭，交与火灵圣母。

唱　次日圣母升军帐／令箭一支叫胡升／你为前部去讨战／贫道领兵随后行／胡升领令不怠慢／带领儿郎出了城／来到战场高声叫／洪锦赶快来交兵／军士听得忙去禀／外面讨战是胡升／洪锦闻报心大怒／带领众将出了营／一见胡升

高声骂／反复无常是小人／提枪照着胡升刺／圣母接住骂连声／你把我徒来斩了／我要报仇把冤申／洪锦抬起头来看／见道姑浑身上下是红云／哪座名山何洞府／报上名来好战争／丘鸣山下炼气士／火灵圣母是我名／提剑照着洪锦砍／洪锦枪架两相迎／一个为徒把仇报／一个为保圣明君／圣母说你快下马来降顺／免得连累众生灵／洪锦说修行之人知天命／违抗天命罪不轻／看看战上数合整／圣母法术要伤人／剑挑黄布金霞现／霞光万丈裹住身／只见四处金光射／洪锦难得睁眼睛／圣母一剑喊声中／洪锦中剑血淋淋／负伤勒马便败走／带领众将败进营／圣母催开金眼兽／带领三千火龙兵／手拿硫磺并火种／呐喊一声杀进营／可怜周营众将兵／喊爷叫娘去逃生／龙吉公主来听见／手提宝剑来前营／只见一团金光闪／火灵圣母到来临／也是公主皆有难／火灵一剑中前心／大叫一声痛杀我／拨转马头往北行／圣母追杀七十里／洪锦折了一万兵／收住败残人和马／公主取出丹药吞／此是瑶池仙家品／一时止痛不会疼／洪锦忙写告急本／送往子牙大本营／差官接得书在手／上马加鞭不留停／自古救兵如救火／汜水关前进大营／差官将书来呈上／子牙接来看分明

白　子牙看罢洪锦文书，知洪锦连斩佳梦关上三员大将，正要取关，不想火灵圣母连伤洪锦夫妇并营中将佐，损兵折将，请求支援。乃吩咐李靖守营，带哪吒、韦护领三千人马往佳梦关而来。洪锦接子牙等人，进营请罪曰："末将损兵折将，请元帅治罪。"子牙扶起曰："火灵乃左道旁门之士，将军何罪之有？传令军士，仍到佳梦关前下寨，来日交战，看是如何。"

唱　不表子牙安营事／回文又表佳梦关／听得子牙来到此／圣母升帐把令传／今日关前去会战／人人奋勇要争先／退后一步要挨斩／前进冲锋有赏钱／说

罢上了金驼背／带领火龙兵三千／放炮开关到阵上／大叫子牙来会俺／军士听见忙禀报／火灵讨战在营前／子牙闻报在左右／一同上阵看端的[①]／子牙上了四不像／哪吒韦护分两边／一齐来到战场上／见一道姑实非凡

赞曰：“头戴金霞冠，身披大红衫。手提太阿剑，人兽火一团。自称火灵圣，修炼丘鸣山。符开金霞现，道求妙中玄。”

白　子牙一见火灵圣母，打稽首曰：“吾奉命征讨昏君，顺之者昌，逆之者亡。令徒仗分身术，阻抗天兵，故而受诛。吾劝道友不要逆天行事，秦丸、赵江以及赵公明兄妹不是前车之鉴么？”火灵闻言骂曰：“姜尚！你好大话！吾要为金鳌岛诸同门报仇。”说罢，催开金眼驼，仗剑来取姜尚。旁有哪吒接住，一场大战。

唱　火灵圣母动了火／提剑催开金眼驼／哪吒尖枪来接住／佳梦关前动干戈／韦护提杵也上阵／大叫围住老道婆／子牙催动四不像／宝剑摆动起旋涡／三人围住火灵战／犹如星斗汇银河／枪刺杵打剑又砍／搞得火灵慌手脚／剑挑道冠黄符破／放出金光十丈多／圣母躲在金光内／金光射眼看不着／圣母转到子牙后／太阿宝剑砍正着／大叫一声痛杀我／败阵逃往东南角／火灵也把异兽拍／紧追子牙不放脱／紧追紧赶来得快／离开周营十里多／我有混元珠一颗／伸手就往怀里摸／珠子朝向子牙打／子牙骑上如滚坡／脸朝天来背朝地／两眼紧闭似睡着／火灵下骑取首级／耳听半山人作歌

① 端的：事情的经过；底细。

歌曰："野外清风吹桃花，九仙山上是我家。默诵黄庭心平静，身染红尘乱如麻。"

白 火灵圣母听罢，认得是九仙山广成子，大呼曰："广成子为何在此？"广成子曰："吾奉玉虚符命，在此等待多时。火灵！姜尚代理三教封神不能加害，劝道友速速回山，如若不然，必将封神榜上有名。"火灵圣母听罢大怒，骂曰："广成子！你欺吾太甚，难道我怕你不成！"说罢，手提太阿宝剑向广成子砍来。广成子将剑架住，一场大战。

唱 纣王无道乱江山 / 修行之人不清闲 / 这一个静诵黄庭三两卷 / 这一个修炼在那丘鸣山 / 看看斗上三五合 / 火灵挑开金霞冠 / 只见霞光射人眼 / 火灵仗剑奔上前 / 霞光接近广成子 / 广成子扫雾仙衣只一翻 / 仙衣一扇霞光散 / 火灵圣母魂飞天 / 只得提剑又来战 / 成子一见不耐烦 / 随手祭起翻天印 / 一印打来如泰山 / 火灵圣母遭大难 / 翻天印打现霞冠 / 灵魂不往别处去 / 封神台上走一番 / 要等太公封神榜 / 千年得受一炉烟

白 广成子打死火灵圣母，将金霞冠取下，放于怀内，然后扶起子牙，将丹药倒入子牙口中，不一时，子牙揉揉二目，睁开眼睛一看，广成子坐在身边，口称："师兄！若非师兄搭救，姜尚不能再转阳世。"广成子曰："吾奉玉虚符命在此救你。凡事自有注定，子牙公请回佳梦关去吧！我要到碧游宫，将金霞冠交还通天教主，就此别过。"

唱 不表成子离别去 / 又表子牙坐石岩 / 休息一会才站起 / 正要上骑把脚抬 / 远远看见申公豹 / 如风闪电跨虎来 / 子牙假装未看见 / 背过身去把头埋 / 公

豹一见哈哈笑／为何见我就躲开／想起麒麟岩前事／差点闯下大祸灾／白鹤将我头衔去／那时你好乐开怀／今日南极又不在／我要报仇把刀开／子牙说我苦求仙翁多少遍／白鹤童才将你头衔转来／愚兄恩情你不报／恩将仇报大不该／公豹说反正今天无人在／取你人头才开怀／说罢提剑就来砍／子牙将剑来架开／剑来剑去叮当响／二人战场逞雄才／子牙身体未痊愈／后心还痛手难抬／只好催动四不像／跳出圈子败下来／公豹催虎来追赶／上天要追到瑶台／开天珠子往后打／姜子牙四不像上往下栽／申公豹下虎才要取首级／惧留孙大呼孽畜少胡来／申公抬头来看见／跨上黑虎要溜开／惧留孙捆仙绳子来祭起／将公豹拖下黑虎捆起来／叫声力士今何在／将孽畜拿到麒麟岩／黄巾力士领法旨／将申公豹押到麒麟岩／惧留孙就将子牙来扶起／取出丹药用水调／用剑来把牙关撬／药入口内眼睁开／子牙倒身来下拜／多蒙师兄救祸灾／留孙说子牙速往佳梦去／那里要你去安排／子牙回关且不表／惧留孙赶到麒麟岩／空中仙乐响一派／元始天尊法驾来／留孙倒身来下拜／迎接老师来灵台／奉令拿住申公豹／还请老师来安排

白　元始天尊令黄巾力士将申公豹押上前来。申公豹一见元始，双膝跪下：“弟子愿老师圣寿无疆！”元始骂曰：“孽障！姜尚何事得罪于你，三番两次要害他性命？”申公豹曰：“弟子知错了，还望老师大发仁慈。”元始曰：“要我放你，你发个誓愿来。”公豹曰：“若我再害姜尚，让我身塞北海。”元始曰：“出口为愿，你去吧！”公豹拜谢老师不杀之恩，跨虎去了。惧留孙曰：“申公豹口是心非，老师为何放他？”元始曰：“吾非不知，只因封神榜上人数缺，需要此人，方才够数。”惧留孙拜谢。元始起驾回玉虚宫而去。

第三章　广成子三进碧游宫　青龙关飞虎折兵将

唱 不表元始回宫转/回文又表九仙山/广成子把火灵圣母斩/碧游宫去还金霞冠/去对通天教主讲/火灵违命逞凶残/想到忙把祥光驾/仙家妙用一时间/碧游宫外来落下/但只见苍松翠柏绿满山/林中猿猴来戏果/蝴蝶飞舞在花间/此本仙家来往处/凡夫哪能到此间/正在宫外来等候/见一童子出宫玩/广成子上前打一躬/叫声童子听我言/烦你去把老师禀/你就说广成子求见在外边/童子听罢抽身转/报与老爷听根源/广成子外面来求见/教主一听把旨宣/童子出外一声喊/进来成子跪蒲团/朝着教主三叩首/愿师叔圣寿无疆万万年/教主说你到碧游因何事/成子说弟子来送金霞冠/子牙东进到佳梦/火灵圣母把路拦/先伤龙吉与洪锦/打昏子牙在后山/弟子好言来相劝/圣母不听反动蛮/又放金光来害我/幸亏我有扫雾衫/左劝右劝劝不转/翻天印下丧黄泉/此宝乃是师叔宝/弟子遵命来奉还/教主说火灵违反我旨愿/死有余辜不可怜/广成子你现可以回山转/广成子叩谢师叔宏恩宽/叩谢已毕出宫外/龟灵圣母把路拦

白 龟灵圣母拦住广成子去路，大怒骂曰："广成子！你欺吾教太甚！无端打死火灵圣母，还来强词夺理，愚弄老师，今天饶你不得！"说罢仗剑砍来。广成子将剑架住曰："吾遵师叔符令，说明火灵违抗天命之事，又奉还金霞冠，何错之有？"龟灵曰："吾不与你逞口舌之利，只在道术上见真章。"言罢又是一剑。广成子大怒曰："就是我师尊，我也只让两剑。龟灵你若不听劝告，吾就不客气了。"龟灵曰："谁要谁让？"言罢又是一剑砍来。广成子大怒，以剑相还，一场大战。

唱 龟灵圣母动杀机/连砍三剑显雌威/恼了阐教广成子/骂声龟灵把人欺/我还金冠是正理/究竟今日谁怕谁/来往斗上三五合/截教门人上来围/成

子祭起翻天印／只见满天起霞辉／龟灵一见难招架／原形一现是乌龟／多宝道人来看见／满面羞愧使身遮

白　龟灵圣母现出原形，广成子收了翻天印，正要离开，只见虬首仙、乌云仙、金牙仙等众多截门人仗剑合围过来。自思在碧游宫外，不能放肆，不如转回宫中，请教主裁处。想罢，急忙走进宫来，倒身下拜。教主曰："广成子！为何去而复返？"成子曰："叔师！龟灵圣母等容不得弟子，群起围攻，弟子故而回来。"教主大怒，唤水火童子，把龟灵圣母叫来。少时，龟灵圣母进来，跪在蒲团之上，教主一见，拍案大骂。

唱　教主便把龟灵骂／吾的言语你不听／革出碧游宫外去／讲法之时不准听／教主叫声广成子／如今可以出宫门／成子拜谢出宫外／虬首仗剑到来临／这边金牙仙挡路／那边乌云喊抓人／多宝道与金灵圣／不言不语把路横／成子一见事不好／急急忙忙转宫门／教主说成子为何还不走／成子说师叔门下不放行／教主闻言拍案怒／叫童儿速叫众人进宫廷／众人进宫倒身拜／教主大骂众畜生／三教公议封神榜／谁逆天命榜有名／火灵圣母违我令／翻天印下丧了身／你众人谁敢再违令／打入囚室不容情／骂得众人无言对／教主说广成子你可转回程／广成子拜辞出宫去／进来多宝与金灵／教主说他众人不知犹自可／你二人如何跟着乱胡行／多宝说老师知一不知二／广成子胡言乱语骂我们／说我教尽是披毛带角类／左道旁门是妖精／众人围住他理论／他编谎言骗师尊／教主闻言心大怒／他阐教高明我几分／红花白藕青荷叶／三教原是一家人

白 通天教主被多宝道人几句话反了心，对金灵圣母曰："你去后庭取出珍藏的四口剑来。"金灵圣母领令，将四口剑取来。通天教主对多宝道人曰："你带此四剑到界牌关去，将剑悬挂四门，摆一诛仙阵，看他阐教门人，谁敢进阵！"多宝道人曰："这四口剑有何妙用？请老师教我。"教主曰："你听我道来。"

"非铜非铁又非钢，曾在须弥山下藏，不用阴阳颠倒炼，也无水火淬锋芒。诛仙利，戮仙亡，陷仙到处起红光，绝仙变化无穷妙，大罗神仙血染裳。"

多宝听罢，将诛仙、戮仙、陷仙、绝仙四口宝剑带往界碑关，摆诛仙阵不提。

唱 不表多宝去摆阵／又表佳梦关上人／子牙取关进帅府／吩咐左右斩胡升／此人反复心不定／留下必定是祸根／开言便把祁恭令／你守此关要小心／子牙诸事安排定／带兵转回大本营／子牙回兵且慢表／又表飞虎领雄兵／青龙关外来扎下／埋锅造饭待天明／次日飞虎升宝帐／开言叫声众将军／谁人前去见首阵／闪出九公正先行／末将不才情愿往／飞虎说将军出战我放心／九公提刀跳上马／青龙关下讨战争／守城军士来看见／进帐报与元帅听／邓九公关外来讨战／请令元帅定夺行／丘引听得军士报／哪位去把反贼擒／马方上前领将令／末将愿去会来人／丘引说上阵之时要仔细／他原是三山关上一总兵／马方回言我知道／提枪上马开关门／一马来到战场上／看见九公甚威严

白 马方一见邓九公人高马大，黑袍金甲，心中有几分畏惧。邓九公叫曰："马方！天下诸侯纷纷起义，讨伐无道昏君，你小小青龙关，胆敢抗拒大兵么？"马方答曰："食君之禄，理应分君之忧，不像你畏刀避剑，投降反贼。"九公闻言，心中大怒，拍马举刀，来取马方。马方将枪架住，一场大战。

唱　九公战场气昂昂／举手抡刀砍马方／马方提枪来招架／二人战场刀对枪／枪来刀架叮当响／刀去枪迎冒火光／九公本是马上将／力大无穷赛金刚／逼开枪来一刀去／马方一命见阎王／九公下马取首级／得胜鼓打转营房／回营来对元帅讲／飞虎一听喜洋洋／不说周营得胜事／又表败军进关防／进府来对元帅讲／马方失机在战场／丘引闻听心大怒／明日要擒武成王／次日丘引领人马／带领众将到战场／军士营外来看见／报与元帅知端详／丘引亲自来讨战／说是要会武成王／飞虎闻报传众将／随我一齐去战场／一齐来到战场上／丘引抬头看端详／果然好个黄飞虎／神牛银枪貌堂堂

白　丘引一见飞虎人马出营，急忙拍马向前曰："黄飞虎！你家世受皇恩，人臣之位极矣，为何从贼造反？"飞虎曰："良禽择木而栖，贤臣择主而事，此顺天应时之理。不久诸侯将大会孟津，以伐无道昏君。尔乃马前一小卒，胆敢抗拒天兵么？"丘引大怒，回顾左右曰："谁与我拿下反贼？"高贵答曰："末将愿往。"拍马舞枪，来取飞虎。旁有黄天祥提枪敌往，一场厮杀。

唱　高贵枪刺武成王／天祥敌往战一旁／两旁战鼓震天响／儿郎喊杀震山冈／天祥本是将门子／枪如狂雨打嫩秧／高贵难敌少年将／双臂发麻心内慌／天祥大喝枪来了／枪挑高贵一命亡／丘引一见重重怒／银枪直取黄天祥／天祥将枪来架住／二人战场枪对枪／一个是银盔白马少年将／一个是白袍白铠脸如霜／天祥心内暗思想／擒贼还要先擒王／手中银枪紧一紧／困住丘引在中央／孙宝余成来看见／二人拍马来相帮／九公吼声震天响／截住二人战一旁／刀劈余成落马死／孙宝一见心着忙／才要勒马退下阵／邓九公大叫一声似虎狼／刀劈孙宝成两半／丘引一见更慌张／黄天祥大叫一声枪来了／丘引左腿挨一枪／啊哟一声拨马走／天祥枪挂鞍桥旁／取支狼牙拿在手／弓开满月似流光／箭射丘引左肩上／丘

引带箭转关防 / 走到帅府来坐下 / 取出丹药自疗伤 / 不想两阵死四将 / 我又受箭射枪刺两处伤 / 养息两日伤好后 / 誓擒小贼黄天祥

白 丘引养伤两日，用丹药内服外擦，已完好如初。立即披挂提枪，带领儿郎冲下关来。一到战场，大喝曰："快叫黄天祥小贼出来会我！"军士闻言，报入中军帐内："启禀老爷！外有丘引讨战，单要四殿下出去会他。"天祥听得，对父曰："今日孩儿出阵，定擒此贼进献。"飞虎吩咐曰："我儿上阵，务要小心。"天祥曰："不劳父王吩咐，孩儿明白。"

唱 周营一声号炮响 / 营中传出将一员 / 银盔素铠骑白马 / 丈二长枪手内端 / 吾乃成王第四子 / 天祥走马到阵前 / 丘引一见天祥到 / 两太阳中冒火烟 / 手提银枪分心刺 / 天祥枪架两相还 / 仇人相见红了眼 / 只想一枪透心穿 / 丘引说自古一报还一报 / 不杀你小贼心不甘 / 天祥闻言哈哈笑 / 你老贼活得不耐烦 / 两匹白马团团转 / 两杆银枪上下翻 / 天祥年轻精力旺 / 丘引久战汗湿衫 / 心想去把法术显 / 无奈两手不得闲 / 天祥抽出银装锏 / 一锏打在心窝间 / 口吐鲜血勒马转 / 一马跑回青龙关 / 天祥一见全得胜 / 一棒鸣锣收兵还 / 进营来对父王讲 / 锏打丘引吐血还 / 飞虎闻言心欢喜 / 与九公商议攻打青龙关 / 不说周营得胜事 / 又表关上运粮官 / 陈奇运粮到关上 / 见元帅倒卧牙床服药丸 / 丘引说关上连斩数员将 / 吾又受伤在昨天 / 陈奇说元帅安心慢调养 / 待咱下关斩凶顽 / 次日陈奇忙披挂 / 带领飞虎兵三千 / 翻身跳上金睛兽 / 炮响三声出了关 / 一骑飞来到关上 / 周营主将来会俺 / 军士听得不怠慢 / 跑进营中报事端 / 营外有贼来讨战 / 叫杀如雷喊连天 / 飞虎还未开言讲 / 闪出九公先行官 / 待吾今日去出战 / 看他来的哪路仙 / 飞虎听罢将头点 / 九公跳上马雕鞍 / 来到战场抬头看 / 怪兽上面将一员

诗曰："头戴一字冲天冠，身穿铠甲透连环。赤发獠牙淡黄脸，荡魔杵儿手中悬。胯下火眼金睛兽，身后飞虎兵三千。大红旗上书大字，大将陈奇运粮官。"

白　陈奇见邓九公出营，人高马大，黑面长须，好一员猛将。陈奇问曰："来者何人？"九公答曰："某乃西周东征副将邓九公是也。"陈奇曰："莫非是原三山关总兵邓九公么？"九公曰："然也，然也。"陈奇曰："你既是一镇总兵，不思报效朝廷，反而降贼造反？"九公曰："天下都思归周，不久诸侯孟津大会，共伐无道昏君。量你一介武夫，怎能阻挡天兵？"陈奇听罢，心中恼怒，手举荡魔杵劈面打来，九公大刀架过，一场大战。

唱　青龙关前乱云飞／九公关前战陈奇／只想打破天灵盖／只想劈他成两截／陈奇说朝廷何事亏待你／派你讨贼反降贼／九公说纣王无道害天理／良禽也选乔木栖／九公越战越英勇／陈奇久战要吃亏／陈奇张嘴喷黄气／只见黄烟满天飞／九公抬头来看见／魂飞魄散软如泥／滚鞍落马倒在地／跑来数名飞虎兵／五花大绑来捆起／九公半昏又半迷／陈奇一见得了胜／一棒鸣锣收回兵／回到关内下了兽／来对元帅说端的[1]／今日末将去出阵／生擒九公把营归／丘引传令推进帐／邓九公立而不跪吹胡须／吾被妖术来擒住／死后也将贼命追／丘引传令推去斩／高关之上挂首级／不言九公身遭难／败兵回营见老爷／今日九公去出阵／遇着贼将叫陈奇／被他法术擒拿去／青龙关上挂首级／飞虎听得九公死／不住摇头来叹息／未与诸侯孟津会／可叹他虎落平阳被狗欺／不言飞虎暗流泪／又把青龙关上提／次日陈奇忙梳洗／仍带三千飞虎兵／一骑冲来到阵上／喊杀连天吼如雷／军士报进大营内／陈奇又来讨战争／飞虎问声谁出阵／太鸾打躬称王爷／末将去把陈奇会／为我主将把冤雪／说罢提枪出营外／大叫陈奇把命赔

① 端的：事情的由来。

白 太鸾一马来到战场，大怒骂曰："陈奇！你凭妖术伤人，非好汉行为。敢于某战三百回合否？"陈奇笑曰："太鸾！你不过邓九公属下一走卒而已，敢出此大言？你放马过来，某家陪你就是。"太鸾大怒，拍马舞枪，直取陈奇。陈奇将荡魔杵架住，一场争斗。

唱 一见仇人怒生嗔／拍马抡枪刺当心／陈奇将杵来架住／青龙关前大交兵／一个只想把仇报／一个只想立功勋／太鸾说你只是凭妖术狠／法术拿人不算能／陈奇说战场之上是拼命／各凭所学分死生／看看斗上三十合／这一个施展法术要拿人／陈奇把嘴来张大／一口黄气往外喷／太鸾抬起头来看／悠悠顶上失三魂／鞍桥之上坐不稳／一跤跌倒地挨尘／军士上前来捆起／得胜鼓打进关门／陈奇来把主将见／生擒太鸾在辕门／丘引传令收监下／擒齐贼首见当君／不说关中得胜事／又表军士报进营／太鸾将军去出阵／陈奇法术把他擒／飞虎闻报心忧闷／此地成了陷人坑／不言周营营中事／又表陈奇得胜人／连擒周营二员将／今日又去讨战争／来到营外高声骂／谁敢与爷定输赢／军士看见忙去禀／陈奇又在叫战争／飞虎还未来传令／闪出天禄弟兄们／天禄天爵天祥等／弟兄愿去把贼擒／飞虎只得将头点／你们上阵要小心／弟兄领令出帐外／带领几千马和兵／三骑飞来到阵上／一见陈奇怒气生

白 天禄弟兄三人，一见陈奇耀武扬威，心中无名火起，大骂曰："陈奇匹夫！仗妖术伤吾大将，咱兄弟岂肯甘休！"陈奇曰："吾杵下不打无名之辈，三个小儿报上名来。"天禄答曰："匹夫听着，咱兄弟乃武成王的三位公子，天禄、天爵、天祥是也。"陈奇听罢，心中暗想，拿住此三人，胜过擒他十员战将。想罢拍马抡杵，照黄天禄打来。天禄将枪架住，一场战斗。

唱　二将战场气冲冲／枪杆并举大交锋／天祥天爵齐上阵／围住陈奇在当中／三人本是将门子／三杆银枪似蛟龙／天禄枪刺上三路／天祥天爵走偏锋／杀得陈奇手脚乱／实在难敌小英雄／天禄银枪多妙用／今日杀贼来立功／大喝一声枪来了／陈奇左腿血染红／陈奇勒转金睛兽／败阵匆匆走如风／天禄催马随后赶／风卷残云一般同／陈奇见贼赶得紧／一口黄烟喷上空／天禄一见魂不在／马鞍桥上倒栽葱／军士上前来捆起／陈奇收兵转关中／回转关内见元帅／生擒小将黄天禄／丘引传令收监下／将军守关立大功／不说陈奇得胜事／天祥天爵转营棚／上帐来对父王讲／贼将擒去大长兄／飞虎闻报心头痛／思前想后泪落胸／黄家一门天不佑／大仇未报人已空／不言飞虎伤心事／又表丘引在关中

白　丘引在府中疗伤数日，已经痊愈。想起被黄天祥小贼枪刺、锏打、箭射之仇，不由得切齿咬牙恨入骨髓，便对陈奇曰："将军连日征战劳累，又带枪伤，宜安心调养。待某亲自出战，擒拿黄家小贼，报仇雪恨。"

唱　一夜晚景难言尽／次日东方出太阳／丘引起来忙披挂／带领军士出关防／来到战场高声叫／单要小贼黄天祥／军士进帐来禀报／元帅在上听端详／丘引老贼来讨战／要会小爷黄天祥／天祥旁边来听见／老贼今天合该亡／跪下来对父王讲／孩儿愿去走一场／飞虎说丘引点名要见你／其中必定有名堂／我儿上阵要仔细／天祥说连胜老贼谅无妨／说罢翻身跳上马／银盔银铠白银枪／一骑冲来到阵上／仇人见面虎遇狼／丘引也不多言讲／咬定牙关就一枪／天祥银枪来架过／劈面相还如闪光／一个要报仇和恨／一个立功灭纣王／丘引说三伤之仇今日算／天祥说今日还要加一伤／天祥本是将门子／使出了三十六路梅花枪／杀得丘引冷汗淌／实实难敌少年郎／勒转马头便败走／天祥说灵霄宝殿也难藏／扬鞭打

马随后赶 / 丘引一见喜洋洋 / 忙将头盔只一拍 / 头盔当中冒白光 / 光中一颗红珠现 / 丘引大叫黄天祥 / 你抬起头来看吾宝 / 天祥举目看端详 / 一见红珠浑身软 / 一跤跌倒地中央 / 军士上前来捆起 / 丘引一见喜若狂 / 吩咐打起得胜鼓 / 耀武扬威转关防 / 来到帅府升宝帐 / 左右推进黄天祥 / 天祥昂头走进帐 / 立而不跪气昂昂 / 丘引说小贼昔日英雄今何在 / 天祥说老贼妖术拿人脸无光 / 今日被擒求速死 / 少摆威风做过场 / 吾父改日拿住你 / 剥皮抽筋剁肉浆 / 丘引传令推去斩 / 尸首丢在内城墙 / 任凭雨淋太阳晒 / 风化其尸逐心肠 / 不表天祥遇难事 / 败军回营说端详 / 口称老爷不好了 / 四公子出兵阵上亡 / 飞虎听得天祥死 / 点点珠泪洒胸膛 / 可怜他母死得早 / 我从小当爹又当娘 / 辛苦将儿来养大 / 弓马娴熟武艺强 / 今受邪术把身丧 / 未受皇封一命亡 / 飞虎哭得如酒醉 / 黄氏满门泪汪汪

白 飞虎自东征以来，四个儿子，二死一伤，心中实悲痛。独坐军帐内，吟诗一首，以抒思子之情。

诗曰："为国捐躯赴战场，丹心可并日争光。几番未灭强梁寇，左术擒儿少年亡。"

白 飞虎思绪混乱，呆坐沉思。旁有黄明曰："兄长何不修书一封，前往姜丞相大营搬兵求救，以解燃眉。"

唱 这才是老龙正在沙滩困 / 一句话提醒梦中人 / 展开文房与四宝 / 桩桩件件写得清 / 写完交给差官手 / 大本营去搬救兵 / 差官接书不怠慢 / 扬鞭打马奔前程 / 披星戴月往前赶 / 不觉来到大本营 / 忙将书信来呈上 / 子牙接来看分明 / 上写着黄飞虎顿首拜上 / 多拜上姜丞相大老元勋 / 有末将攻青龙连连得胜 / 贼丘

引遭重创损将折兵／青龙关来了个陈奇上将／荡魔杵金睛兽白光勾魂／头一阵邓九公被擒斩首／第二阵太鸾将沙场遭擒／第三阵黄天禄也被擒去／贼丘引约天祥单独交兵／他曾被黄天祥锏打箭射／这老贼施妖术天祥被擒／在敌营骂丘引老贼气愤／可怜他少年人为国捐身／不得已才修书大营求救／望元帅见书信速发救兵／子牙看罢书中语／两太阳中冒火星／可怜黄家身遭难／子方年少丧了身／子牙正要传将令／婵玉啼哭进大营／对着元帅施一礼／奴要为父把仇伸／子牙点头来答应／又令哪吒一路行／二人领了元帅令／径奔青龙关上行／婵玉跨上胭脂马／哪吒蹬上风火轮／婵玉骑马走得慢／哪吒火轮似飞腾／不过半盏茶时候／来到飞虎大辕门／军士一见忙去禀／哪吒先行到辕门／飞虎听得一声请／进来哪吒把礼行／飞虎说丘引陈奇妖术狠／九公天祥皆丧身／哪吒说令郎为国以身报／青史万古永留名／婵玉随后也赶到／父亲遇难痛伤心／说着说着天色晚／金鸡报晓天又明／次日哪吒忙梳洗／提枪蹬上风火轮／来到青龙关下面／巡营军士叫一声／快叫丘引来纳命／迟延一刻破关门／军士进帐一声禀／哪吒关外讨战争／丘引听报将身起／提枪上马出关门／一马来到战场上／一见哪吒吃一惊

白　丘引问曰："蹬轮者可是李哪吒么？"哪吒答曰："既知吾名，还不下马受缚，更待何时？"丘引曰："哪吒！休得猖狂，你见黄天祥么？"一提黄天祥，哪吒气冲牛斗，大骂曰："匹夫！小将军被擒，斩首足矣，为何风化其尸？今日吾特为黄天祥报仇而来！"言罢火尖枪一摆，当胸刺来。丘引将枪架住，一场大战！

唱　哪吒心中怒火翻／二人大战青龙关／一个青龙为总镇／一个东征先行官／风火轮对着白龙马／红白两枪起涡漩／看看战上三十合／杀得丘引两膀酸／若是不把法术显／犹恐失机在阵前／随即把头盔只一拍／头盔中间冒白

烟／白烟之中红珠现／哪吒抬头看端的／此乃卖艺小把戏／我看不值半文钱／用手一指烟自散／红珠滚落在地间／丘引一见破了宝／魂飞魄散九重天／拨转马头逃命走／哪吒祭起乾坤圈／落来打在肩膀上／只打得骨断筋折血染衫／哎哟一声拍马走／一直逃进青龙关／哪吒也不去追赶／得胜鼓打转营盘／不表哪吒得胜事／又表二路运粮官／行孙催粮来交令／子牙说你岳父惨死青龙关／婵玉昨天已赶去／你可随后去支援／行孙闻言不怠慢／急忙赶往青龙关／在路行程来得快／来到飞虎大营前／走进中军把礼见／飞虎说你岳父战场遭受妖术拴／吾子天祥也遭难／他二人首级尸体号令在关前／行孙说吾今夜进关去／盗运尸体首级还／说着说着天色晚／行孙遁上青龙关／取下首级与尸体／急忙运回大营盘／飞虎见子死得惨／大放悲声泪涌泉／开言便把天爵叫／你运弟尸首转岐山／天爵领了父王令／棺木装好回岐山／不言周营安排事／回文又表青龙关

白 陈奇听得主将被哪吒圈子打伤，上帐对总兵曰：“待吾出阵，替主将报仇。”丘引曰：“将军出阵，务要小心。”陈奇曰：“不劳总兵吩咐。”于是，跳上金睛兽，手提荡魔杵，带领三千飞虎兵，冲下关来。来到战场大叫曰：“周营主将！快发能将会我。”军士听见，急忙跑进大营禀报：“启禀老爷，外有贼将陈奇讨战。”飞虎曰：“伤我数员大将者就是此贼。”土行孙听见，上前躬身曰：“末将愿会贼将。”飞虎曰：“将军要去，可使婵玉助战。”夫妇领令，带领人马冲出营来。来到战场，行孙上前大喝曰：“陈奇狗贼！今日你死期到了！”陈奇大怒，提荡魔杵向下打来，行孙用棍架住，一场厮杀。

唱 二将战场杀气高／各显本事逞英豪／陈奇杵打如山倒／行孙棍来起狂涛／行孙矮小身灵巧／跳前跳后像狸猫／陈奇身高不讨好／顾上顾下难弯腰／陈

奇越战越急躁 / 荡魔宝杵往上摇 / 张大嘴巴哈哈叫 / 一股黄烟往外飙 / 行孙一见黄烟到 / 身子发软跌一跤 / 飞虎兵上前来捆好 / 急坏婵玉女英豪 / 五光石头拿在手 / 对着陈奇把石抛 / 一石打在面门上 / 皮青脸肿起大包 / 哎哟一声说不好 / 勒转坐骑往回逃 / 婵玉二石又来到 / 正中陈奇后背腰 / 几乎摔下金睛兽 / 如丧家犬儿逃之夭 / 跑进帅府来汇报 / 拿了个矮子请开销 / 丘引传令推来见 / 军士推进矮英豪 / 丘引一见好气恼 / 传令推出去开刀 / 行孙醒来哈哈笑 / 陈奇贼爷耍一套给你瞧 / 爷不奉陪要走了 / 双脚一蹬身影消 / 丘引陈奇吓一跳 / 才知矮子手段高 / 陈奇说下次战场再拿到 / 趁他昏迷就开刀 / 按下关内且不表 / 郑伦催粮把令交 / 十万粮草押解到 / 飞虎闻报喜眉梢 / 行孙忙把郑伦叫 / 有一事情太蹊跷

白 土行孙对郑伦曰:“青龙关内一将,名叫陈奇,他的道术与你的一般无二。只是他把嘴张大,哈出黄气拿人,比你哼出白光还要方便。我岳父被他擒去斩了。吾今日也被他擒去,用地行术才逃回。”郑伦闻言,心中暗想,吾师传我法术,盖世无双,怎么这里又有此人?明日待我会他一会,便知端的。

唱 一宿晚景难言尽 / 次日东方天又明 / 陈奇起来忙梳洗 / 上帐来对总兵云 / 末将昨日遭石打 / 今日要擒这贱人 / 说罢上了金睛兽 / 仍带三千飞虎兵 / 一直来到战场上 / 大叫巡营小兵丁 / 快叫那贱人来会我 / 军士听言跑进营 / 陈奇营外来讨战 / 请发能将会贼人 / 飞虎一听开言问 / 哪位将军去出征 / 言还未定人答应 / 闪出郑伦运粮人 / 听说陈奇法术狠 / 我俩战场比输赢 / 飞虎说将军上阵要仔细 / 吾等去做压阵人 / 郑伦上了金睛兽 / 带领三千乌鸦兵 / 郑伦朝前冲上阵 / 飞虎众人随后跟 / 郑伦说哪里来的贼强盗 / 学吾法术来伤人 / 陈奇说吾乃青龙关上运粮将 / 陈奇就是我的名 / 来将快通名和姓 / 吾好擒你立功勋 / 吾乃周营运粮

将／姓郑名伦上将军／说罢提杵照顶打／陈奇宝杵往上迎／降魔杵对着荡魔杵／金睛兽巧遇兽金睛／两个将军齐发奋／乌鸦兵抵住飞虎兵／战场只听兵器响／儿郎个个喊杀声／看看战上数十合／这郑伦施展法术要拿人／降魔杵往空中举／鼻孔里面打哼哼／陈奇也把杵来举／张开大嘴往外喷／郑伦鼻孔白光出／陈奇黄烟出嘴唇／一个滚下金睛兽／一个翻落兽金睛／两边军士不怠慢／各边救起各边人／这才是哼哈二将显本领／笑坏哪吒土行孙／两边锣鼓收兵转／郑伦醒来眼发愣／吾师只有我一徒／未曾收过第二人／为何陈奇也会使／其中原因难搞清／不说郑伦心纳闷／又表哪吒土行孙

白　哪吒对土行孙曰："我两个禀明黄元帅，今晚前去抢关，必然成功。"两人来到中军帐内，哪吒对飞虎曰："今夜三更，我蹬轮上关，打开城门，元帅统领众将随后进关，定取青龙关无疑。"行孙曰："吾先到后营，放出黄天禄、太鸾二将，杀到中军会合大兵。"飞虎曰："有劳二位将军，今夜三更照计而行。"

唱　说着说着天色晚／不觉已到了三更天／行孙先往关内去／找到天禄与太鸾／行孙说听到关内人呐喊／我三人冲出监牢杀贼蛮／不言三人来商议／又表哪吒飞进关／守门军士正困倦／东倒西歪缩成团／哪吒把锁来砸烂／大开关门叫声欢／飞虎催动众兵将／呐喊一声杀进关／天禄行孙来听见／喊杀连声冲出监／一直冲到中军帐／丘引疗伤未曾眠／提枪上马出帐外／黄天禄一见仇人怒火燃／提枪照着丘引刺／丘引枪架两相还／哪吒蹬轮杀来到／还有行孙与太鸾／众将围住丘引战／杀得地覆与天翻／哪吒枪刺上三路／天禄太鸾刺中间／行孙专打马脚杆／丘引难敌众将官／丘引马脚挨一棍／战马倒地丘引翻／天禄愤怒举枪刺／丘引借遁走如烟／后来潼关万仙阵／斩仙刀下丧黄泉／郑伦杀进左营寨／正遇陈奇

把路拦 / 二将见面不搭话 / 催开坐骑战一边 / 正是好汉逢好汉 / 棋逢对手是一般 / 飞虎哪吒来助战 / 又来龙环与吴谦 / 众人一齐来围住 / 围住陈奇在中间 / 陈奇难敌众好汉 / 气喘吁吁汗湿衫 / 哪吒圈子来祭起 / 落来打中陈奇肩 / 哎哟一声杵法乱 / 黄飞虎枪挑陈奇落马鞍 / 次日张贴安民榜 / 飞虎取了青龙关 / 开门便把哪吒叫 / 你先到大营把信传

白 哪吒蹬风火轮来得快，先到汜水关前大营，进帐拜见元帅，将夺取青龙关之事说了一遍。子牙听得夺了青龙关，粮道已通，心中大喜。次日，飞虎带领众将回营，子牙出帐迎接。贺曰：“恭喜大王！夺取青龙关要道。”飞虎曰：“末将不才，折了大将邓九公与吾子黄天祥，请元帅降罪。”子牙曰：“死生由命，大王何罪之有？只可惜他二人未受皇封，先归九泉之下，实为可叹！”飞虎曰：“汜水关总兵韩荣，乃纣王驾下忠义之臣，至死也不肯归降，丞相宜先礼后兵，以敬其忠心。”子牙闻言，写成战书，令辛甲前往汜水关内投递。

唱 不言周营来商议 / 且表关内老韩荣 / 看见子牙兵不动 / 分兵去攻打佳梦与青龙 / 忙令探马去打听 / 暗想子牙为哪宗 / 忽然想到粮草事 / 他先取二关粮道通 / 听说二关已失守 / 韩荣聚将在厅中 / 韩荣说子牙他先取青龙与佳梦 / 后顾无忧要进攻 / 各位将军需仔细 / 来日战场要交锋 / 正在厅堂来议论 / 守关军士进厅中 / 总兵呀姜尚差人把书下 / 小的不敢放他进关中 / 韩荣回言放他进 / 进来辛甲把身躬 / 怀中取书来呈上 / 韩荣接书看内容 / 亲批下一派胡言来惑众 / 来日关下见雌雄 / 辛甲接信回营转 / 回营呈给姜元戎 / 子牙看罢忙吩咐 / 明日战场动钢锋 / 一夜晚景且不表 / 次日东方太阳红 / 子牙传令众兵将 / 列队城下去交锋 / 一齐来到关下面 / 指名道姓会韩荣 / 军士闻言不怠慢 / 急急忙忙到府中 / 城外姜尚

来讨战 / 要请总兵去交锋 / 韩荣听报忙披挂 / 提枪跳上马玲珑 / 一马来到战场上 / 子牙上前把手拱

白　子牙拱手曰："韩总兵乃殷朝老臣，久守边关，难道不知纣王杀妻灭子、残害忠良之事么？"韩荣答曰："姜元帅难道不知溥天之下，莫非王土；率土之滨，莫非王臣？犯上作乱，岂不是无父无君之辈耶？"子牙笑曰："将军之言差矣！君正则臣敬之，君不正则臣不从。纣王无道，荒淫酒色，众叛亲离，狼烟四起，殷商大厦将倾，量你一木难支，望将军三思。"韩荣听罢，心中大怒，回顾左右曰："谁与我拿下这垂钓匹夫？"旁有先行官王虎应声曰："末将愿往。"言罢，纵马提刀，直取子牙。旁有哪吒尖枪架住，一场大战。

唱　王虎大刀取子牙 / 哪吒尖枪截住他 / 两个先行齐发奋 / 枪刀相碰冒火花 / 一个枪法多熟练 / 一个刀法也不差 / 两边战鼓催战马 / 两人斗得汗巴巴 / 往来战有数十合 / 急了先行李哪吒 / 乾坤圈子来祭起 / 乾元宝贝放光华 / 铿锵一声来落下 / 王虎脑门开了花 / 魏贲一见得了胜 / 纵马摇枪喊声杀 / 举枪照着韩荣刺 / 韩荣枪架咬钢牙 / 一生戎马南北讨 / 难道怕你这娃娃 / 两支银枪上下舞 / 都是使枪老行家 / 这魏贲初生牛犊不怕虎 / 银枪犹如飘雪花 / 韩荣毕竟年岁大 / 久战之下力不佳 / 看看战有三十合 / 韩荣难支两手麻 / 虚晃一枪带转马 / 败阵走如风吹沙 / 回到府中来坐下 / 心绪烦闷坐如麻 / 看来周营势力大 / 守住关防慢想法 / 不说韩荣忧闷事 / 又表蓬莱一道家

白　东海蓬莱岛一气仙余元，炼成化血毒刀，伤人见血封喉，甚是厉害。因徒儿余化前年被哪吒乾坤圈打伤，回山疗伤，早已痊愈，正好赐他此刀，往汜水关报仇。

唱 开门便把余化叫 / 你上前来听根苗 / 你的伤病已养好 / 为师赐你化血刀 / 此刀若把人伤了 / 见血封喉命难逃 / 汜水关去把仇报 / 去助韩荣立功劳 / 余化跪拜接过宝 / 豹皮囊中藏血刀 / 拜辞师父离海岛 / 不分昼夜似风飘 / 行程不觉来得快 / 来到关前把门敲 / 军士一见余化到 / 开关进府说根苗 / 昨日交战运不好 / 李哪吒枪打王虎赴阴曹 / 余化听说哪吒到 / 报仇雪恨在今朝 / 天明余化忙梳洗 / 提戟上兽出关壕 / 一骑飞来到阵上 / 叫哪吒快出营来项吃刀 / 军士听得忙去报 / 元帅在上听根苗 / 余化营外来讨战 / 指名哪吒把兵交 / 哪吒听得军士报 / 咬紧牙关骂贼蠢 / 上次只把他伤了 / 这次战场定不饶 / 说罢蹬轮出营外 / 骂一声手下败将还叫嚣

白 哪吒一见余化，大怒骂曰："小爷上次体上天好生之德，饶汝性命，今天还敢来营前讨战？"余化骂曰："哪吒小贼！岂不闻士别三日，当刮目相看，今天誓报前次之仇。"说罢，催开金睛兽，手持画戟当面刺来。哪吒用火尖枪急架相还，一场好战。

唱 仇人见面红眼睛 / 手持画戟刺当心 / 哪吒尖枪来架住 / 一仙一神大交兵 / 一个只想把仇报 / 一个只想把周兴 / 这一个莲花化身灵珠子 / 这一个封神榜上有名人 / 两个将军齐发奋 / 金睛兽对着风火轮 / 哪吒愈战愈骁勇 / 余化久战两膀疼 / 急忙拨转金睛兽 / 豹皮囊中取宝珍 / 化血刀儿拿在手 / 对着哪吒下无情 / 回手一刀来砍中 / 哪吒跌下风火轮 / 军士上前来救起 / 匆匆忙忙败回营 / 子牙下帐来观看 / 见哪吒身上发黑脸发青 / 二目紧闭不言语 / 周营人人痛伤心 / 不说周营悲痛事 / 余化得胜转关门 / 进帐来把总兵见 / 哪吒中刀败回营 / 吾师曾经对我讲 / 此刀毒性恶万分 / 见血封喉无药救 / 大罗神仙也活不成 / 韩荣闻言心大喜 / 将

军呀你是安邦定国臣／余化闻听心高兴／次日天明又出征／一直来到战场上／快叫子牙来交兵／军士听得进帐禀／余化又来讨战争／子牙闻听开言问／哪位将军会贼人／一旁闪出雷震子／弟子愿去把他擒／子牙吩咐要仔细／震子说弟子牢记请放心／出帐展开风雷翅／来到战场看分明／金睛兽上坐余化／耀武扬威叫战争／震子一见心火起／唰的一棍到来临／余化用戟来架住／天上地下动刀兵／棍来有如泰山重／戟去好比昆仑崩／一个肉体成仙圣／一个封为孤辰星／震子说吾替哪吒把仇报／余化说你也难逃这灾星／雷震子居高临下多有劲／这余化由下往上费精神／往来战上数十合／余化再战难支撑／化血刀儿拿在手／照着震子便施行／向上一甩喊声中／震子跌倒地埃尘／余化举戟才要刺／众军士抬起震子转回营／余化也不去追赶／一棒鸣锣收转兵／子牙见伤雷震子／同样黑肿脸色青／子牙正在心忧闷／杨戬催粮进大营

白　杨戬进帐来向师叔交令。子牙对杨戬曰："汜水关内九首将军余化，用飞刀砍伤哪吒和雷震子，二人皆身子发黑，脸色发青，牙关紧闭，不能言语，不知为何？"杨戬闻言，出帐察看二人伤情一遍，回到帐中对师叔曰："此乃毒刀所伤，幸好哪吒是莲花化身，雷震子二翅是仙杏所化，故此毒气不能攻心，暂无性命之忧。弟子明日出阵，用左膀挨他一刀，回来仔细察看一番，再寻解救之药。"

第四章　土行孙盗五云驼　郑伦捉将破汜水

唱 周营议论且不表 / 回文又表汜水关 / 余化连伤两员将 / 笑在眉头喜心间 / 次日天明领人马 / 周营讨战走一番 / 翻身跳上金睛兽 / 锣鸣鼓响出了关 / 一直来到战场上 / 快叫子牙来会俺 / 军士看见不怠慢 / 跑进帅府把话传 / 外有余化来讨战 / 傲慢无礼出狂言 / 子牙未曾来搭话 / 闪出杨戬把话参 / 弟子今日去出战 / 是何毒物便知端 / 子牙听罢将头点 / 杨戬领令出营盘 / 来到战场用目看 / 见余化脸色淡黄貌凶残 / 杨戬大喝贼余化 / 仗着毒器逞凶顽 / 今日遇着我杨戬 / 送尔灵魂上西天 / 余化闻言心大怒 / 画戟一摆照胸穿 / 杨戬三尖刀架住 / 二人大战在关前 / 三尖刀连刺又带砍 / 画戟舞动心生寒 / 画戟刺来如雨点 / 三尖刀去箭离弦 / 两边儿郎齐呐喊 / 战鼓咚咚震云天 / 看看斗上三十合 / 余化久战不耐烦 / 伸手探向皮囊内 / 化血刀儿拿手间 / 对着杨戬一刀砍 / 杨戬故意用手拦 / 一刀砍在手臂上 / 杨戬故意叫连天 / 赶快勒马朝后转 / 急急忙忙败阵还 / 余化也不去追赶 / 刀伤人必丧黄泉 / 不说余化收兵转 / 又表杨戬转回还 / 进门来把师叔见 / 捋开左膀看端的 / 刀伤之处血不见 / 整个左膀黑一团 / 不知何毒来感染 / 不知何处寻药丸

白 杨戬对师叔曰："哪吒、雷震子非肉体凡胎，暂无性命之忧。待我回山，问问师父，是何物所伤，何物可解。若余化讨战，师叔可暂挂免战牌，以挡其锋，吾不久即回。"说罢，走出营来，借土遁往玉泉而去。不一时来到金霞洞内，参拜老师玉鼎真人。真人曰："杨戬！何事回山？"杨戬说道："汜水关守将余化，用一小刀砍伤哪吒、雷震子，刀上不知何毒，他两人昏迷不省人事，且遍体通黑，不知何物可救，望师父慈悲，指点迷津。"

唱　玉鼎真人开言道 / 徒弟你且听我言 / 蓬莱岛上炼气士 / 有一道人叫余元 / 他炼化血刀一口 / 同炼三颗救命丹 / 他的徒弟叫余化 / 汜水关上催粮官 / 前被哪吒圈子打 / 回转蓬莱告余元 / 余元将刀送余化 / 汜水关前报仇冤 / 幸亏哪吒非凡体 / 尚可保得性命全 / 此毒余元才可解 / 你可速到蓬莱山 / 变成余化前去骗 / 骗得丹药快回还 / 杨戬听了师父话 / 变成余化往仙山 / 按住遁光来落下 / 飘飘落在蓬莱山 / 蓬莱仙境好去处 / 话不虚传是实言 / 白鹤飞在沙滩上 / 黄鹤展翅在半天 / 对对蝴蝶穿花舞 / 双手燕子把泥衔 / 进洞来把师父见 / 余元说去而复返为哪般 / 余化说徒儿头阵把哪吒砍 / 第二阵雷震子刀下丧黄泉 / 第三阵上遇杨戬 / 这贼刀法实非凡 / 他用手一指刀飞转 / 血刀反伤我左肩 / 因此转来见师父 / 请师赐徒一仙丹 / 余元说三颗丹药全给你 / 为师后到汜水关 / 余化拜辞出洞府 / 忙借遁光走如烟 / 中途还原为杨戬 / 暗笑余元中机关 / 不把杨戬把药骗 / 又表洞中一气仙

白　一气仙余元心中暗想：杨戬何人？为何有这等法术，能指回我的化血刀？忙在袖中掐指一算，大怒骂曰："杨戬匹夫！仗着你八九玄功变化，竟敢变成余化，来骗取吾的丹药，待我赶去，将这匹夫拿来，碎尸万段，方消我心头之恨。"

唱　余元愈想愈冒火 / 翻身跳上五云驼 / 云驼头上角一拍 / 起在空中不得落 / 云驼本是奇异兽 / 一刹那就到那天涯与海角 / 杨戬正在往回走 / 耳听后面人吆喝 / 杨戬扭转头来看 / 余元仗剑来得恶 / 杨戬双手高高拱 / 多谢道长赠丹药 / 余元说匹夫敢来戏弄我 / 叫你死在荒山坡 / 提剑照着杨戬砍 / 杨戬尖刀来接着 / 余元说杨戬把药来还我 / 不然叫你命难活 / 杨戬说你不该把毒刀赐余化 / 这

是助纣来为虐 / 看看斗上三十合 / 杨戬心中自揣摩 / 道人法术定不错 / 先行下手是强着 / 暗暗放出哮天犬 / 咬住余元后颈窝 / 余元护痛喊哎哟 / 皮肉撕去二两多 / 拨转云驼败阵走 / 血染道袍如刀割 / 败回蓬莱疗伤痛 / 待伤好后慢斟酌 / 不表余元败回转 / 回文又把杨戬说 / 自古救命如救火 / 汜水关前把遁落

白 杨戬到营前，急忙进帐参见师叔，把骗取丹药之事对子牙说了一遍。子牙闻听心中大喜，即叫杨戬将丹药去救哪吒、雷震子二人。杨戬将丹药用水调匀，灌入他二人腹内，不一时，只听哪吒、雷震子二人同时大叫一声："痛杀我也！"子牙听见二人说话，心中大喜。又见二人黑肿消失，面色逐渐转红，以手加额言说："此乃吾主洪福！"

唱 二人大叫痛杀我 / 揉揉二目把眼睁 / 哪吒咬牙骂余化 / 不报此仇不算人 / 震子切齿来痛恨 / 要在战场把仇伸 / 余元仙丹多妙用 / 两人全好添精神 / 不说周营多高兴 / 又言青龙关上人 / 余化来对总兵论 / 周营今日可扫平 / 韩荣闻言心大喜 / 将军今日把功成 / 余化辞了总兵驾 / 带领三军下关门 / 来到战场高声叫 / 周营谁敢来相争 / 军士听得忙去禀 / 元帅在上听分明 / 余化营外来讨战 / 要请元帅定夺行 / 子牙便把杨戬令 / 你可出营会贼人 / 杨戬领了师叔令 / 提刀上马出了营 / 一直来到战场上 / 余化一见吃一惊 / 开言便把杨戬问 / 如何保得你残身 / 杨戬听见哈哈笑 / 你化血刀儿有何能 / 我炼有丹药解毒性 / 身上还带有好几瓶 / 余化听了心纳闷 / 周营还有解药人 / 吾有此刀无用处 / 不如与他拼死生 / 想罢提戟当胸刺 / 杨戬刀还两相争 / 一个八九玄功妙 / 一个枪法也超群 / 画戟犹如龙摆尾 / 尖刀好似蟒翻身 / 二人战场显本领 / 杀得难解又难分 / 战鼓不住咚咚响 / 惊动营中受伤人 / 雷震子出营来观阵 / 一见余化怒气生 / 急忙展开风雷

翅／手提黄金棍一根／飞到战场用棍打／余化招架忙不赢／雷震子心中太气愤／力气用到十二分／一棍打倒金睛兽／余化滚落地尘埃／杨戬一刀砍下去／余化一命赴幽冥／灵魂封神台上去／尔后封为孤辰星／杨戬一见全得胜／鸣锣收转众三军／不言周营得胜事／又表残兵进关门／进府来对总兵禀／九首将军命归阴／韩荣听得余化死／倒了擎天柱一根／急忙修下告急本／请求朝歌发救兵／不表韩荣心忧郁／又表蓬莱岛上人

白　余元被杨戬哮天犬咬伤，回转蓬莱洞府，将丹药内服外擦，不数日已经痊愈。想起杨戬骗去丹药，又伤已颈项，此仇不报，岂不被他人耻笑。急忙收拾宝贝，跳上五云驼，往汜水关而来。来到关下，高叫曰："吾乃余化之师一气仙余元是也。快报上韩总兵，吾特来替余化报仇，帮助总兵守关。"军士听见，急忙跑进府中，报与韩总兵知道："启禀老爷，外有余化师父余元求见。"韩荣闻报，吩咐开关，亲到关门迎接。

唱　迎至府中来坐下／韩荣开口把话言／令徒战场死得惨／黄金棍下丧黄泉／余元闻言心大怒／不报此仇心不甘／说着说着天色晚／一宿已过又明天／余元起来忙梳洗／提剑上驼出了关／来到战场高声喊／大叫子牙来会俺／军士巡营来听见／报与元帅知根源／外有道人来讨战／要请元帅有话谈／子牙闻报忙传令／大家出营看端的／一齐来到战场上／见一道人甚凶残

诗曰："头戴鱼尾紫金冠，大红道袍身上穿。发似朱砂面蓝靛，巨口獠牙上下翻。手拿纯钢太阿剑，云驼走动生云烟。金灵圣母二徒弟，蓬莱岛上一气仙。"

白 子牙听罢，催四不像上前打稽曰：“道长请了！”余元曰：“姜尚！快叫杨戬出来会我。”子牙答曰：“杨戬乃我手下运粮将领，早已催粮去了。道长与杨戬往日无仇，近日无冤，会他何故？”余元骂曰：“姜尚！你使杨戬骗我仙丹，杀害我徒弟余化，吾与你怎肯甘休！不要走，吃吾一剑。”说罢，仗剑直取子牙。子牙将剑架住，一场争斗。

唱 余元动了无名火／提剑来砍老子牙／子牙提剑来架住／一仙一神大厮杀／李靖提枪来助战／银枪舞动如雪花／余元宝剑也不善／上下飞舞放光华／来来往往三五合／余元心中自打划／打人不如先下手／豹皮囊内把宝拿／取出金钢锉一把／祭在空中打子牙／子牙杏黄旗一抖／浑身上下生莲花／万朵金莲来托住／宝锉不能往下滑／子牙忙把神鞭祭／祭在空中起彩霞／落来打中余元臂／打得骨断手发麻／五云驼上角一拍／飞腾犹如覆平沙／行孙运粮正赶到／见云驼一时三刻走天涯／吾若将他来盗下／千里路程一杯茶／不表行孙心暗想／余元败阵进府衙／忙取丹药来吞下／仙家妙用果不差／一时三刻就痊愈／思前想后咬碎牙

白 土行孙运粮回营交令。子牙曰：“运粮辛苦，帐上歇息去吧。”土行孙回房，对邓婵玉曰：“吾见余元坐骑五云驼，有天马行空、日行万里之妙，吾甚爱之。待我今晚进关盗它回来运粮便了。”婵玉曰：“如此大事，须禀明元帅方可行事。”行孙曰：“若去禀元帅，既费唇舌，还不许我做鸡鸣狗盗之事。无须禀明，吾去去就来。”说罢将身一扭，径往青龙关而去。再表余元正在禅床上打坐，闭目养神，忽有心血来潮，忙在袖中掐指一算，早知其意。乃遁出原神，作熟睡之状。

唱 不说余元安排定／又表盗驼土行孙／地下等到三更正／方才出土现了身／摸进余元房中去／见余元呼呼大睡打鼾声／说声道人命该死／不要怪我太无情／咬定牙关一铁棍／打得余元冒火星／翻身过去又熟睡／行孙一见吃一惊／使尽力气又一棍／余元又是一翻身／吓得行孙魂不在／出门上驼要抽身／云驼角上只拍／只见四足起祥云／行孙心中暗高兴／叫声宝贝出关门／五云驼只在空中转／未曾走动半毫分／行孙一见着急了／手打脚踢骂畜生／昨天跑得那样快／今天然何不会行／心中正在无可奈／云驼落下地尘埃／才要下驼遁土走／余元抓住头发林／大叫一声抓强盗／众军赶快点燃灯／韩荣说老师何不放下地／余元说这厮原来会地行／快拿我的乾坤袋／装进袋中用火焚／四面干柴来架起／大火猛烧土行孙／行孙袋内大喊叫／烧得我心肝五脏疼／不说行孙身遭难／又表那青龙山上惧留孙／正在洞中修仙性／白鹤童子到来临／吾奉玉虚宫符命／命你青龙关内救行孙／留孙听得不怠慢／驾起祥云就起身／拨开云头往下看／余元正烧土行孙／按落云头冲下去／提起袋子就飞腾／余元抬起头来看／认得来者惧留孙／上了云驼追上去／留孙走得无影形／余元回来心恼恨／乾坤袋儿归他人／不说余元心烦闷／回文又表惧留孙／来到周营落下地／此时正好是四更／宫适巡营来看见／问老师为何黑夜到来临／留孙说烦你去把元帅禀／说我求见在营门／南宫进帐一声禀／子牙闻报出来迎／走进帐中来坐下／乾坤袋抖出土行孙／子牙一见问何事／惧留孙从头一二说分明

白 子牙听得土行孙盗驼被擒一事，心中大怒，骂曰："堂堂周营催粮大将，岂可做此偷鸡摸狗之事？有损我周营声誉。"吩咐将土行孙斩首示众。惧留孙曰："子牙公且息雷霆之怒。如今用人之际，权且寄下他项上人头，戴罪立功，将功补过，下次再犯，二罪俱罚，定斩不饶。"子牙闻言，令左右放了土行孙，仍然司运粮之职。土行孙叩谢元帅师父不杀之恩，含羞而退。

唱 不说周营营中事／又表汜水关内人／次日余元心怀恨／周营去会惧留孙／翻身跳上云驼兽／来到营前讨战争／军士进帐去禀报／余元讨战在营门／留孙说子牙公你去将他会／我在云端把法行／子牙闻言心欢喜／带领众将出营门／来到战场用目看／见余元五云驼上气不平／余元说快叫惧留孙来会我／我定把这对强盗师徒擒／子牙说道长把人来认错／哪里来的惧留孙／余元闻听心恼恨／提剑来砍不留情／子牙宝剑来架住／又是一场大战争／五云驼对着四不像／宝剑翻飞似车轮／方才战上数合整／惧留孙祭起捆仙绳／哐哪一声来落下／将余元捆落地尘埃／子牙一见得了胜／鸣金收兵转回营／南宫适将余元推进帐／余元吹胡瞪眼心不平／暗地使法非本领／有本事与我战场分死生／子牙传令推去斩／李靖将余元推出营／一刀砍去是白印／余元脑壳硬如金／钢刀砍缺好几把／余元闭目养精神／吓得李靖魂不在／回来报与子牙听

白 李靖对子牙曰："元帅！余元不知用何妖术，头颅坚硬，砍他不动。"惧留孙曰："可将他装入铁柜，沉于北海之中，年长日久，自然死之。"子牙曰："道兄之言有理。"乃将余元装入铁柜之中，沉入北海底去了。余元乃鱼类成精，鱼一见水，自然走脱。带着捆仙绳到紫芝岩前大叫曰："哪位道兄搭救于我？"连呼数声，见一童儿走出洞来，余元叫曰："童子！烦你去禀老师，说余元求见。"

唱 童子听了余元语／快步走上紫芝岩／来对金灵圣母讲／圣母一听怒满腮／平生收了两徒弟／两个弟子都遭灾／大徒弟闻仲西岐来遇害／二徒弟余元又受绳索灾／圣母大步走出外／余元一见跪尘埃／惧留孙暗中来使坏／弟子被捆解不开／圣母气得把头摆／带余元走进碧游宫中来／一见教主倒身拜／通天教主把口开／金灵到此因何事／圣母说阐教欺辱太不该／惧留孙仗着捆仙绳厉害／将余

元沉入北海当活埋 / 我等不能把绳解 / 请求老师来解开 / 教主画符贴绳上 / 用手一弹绳自开 / 教主取出穿心锁 / 交给余元身上揣 / 你带此宝周营去 / 去把惧留孙拿来 / 截教众人齐高兴 / 老师这次把恩开

白　余元领了教主之命，借土遁往汜水关而来。来到总兵府，韩荣随即问曰："闻听老师战场失利，吾心甚忧！"余元曰："他将我沉于北海，是我借水遁而走，到我老师处得一件宝贝，定可报仇雪恨。快将贫道五云驼牵来，待贫道找他们清算。"

唱　余元上了云驼背 / 炮响出了汜水关 / 来到战场高声叫 / 惧留孙无耻小人来会俺 / 军士巡营来听见 / 走进帐中报事端 / 余元营外又讨战 / 辱骂不堪出狂言 / 留孙说子牙公还是你去战 / 我纵祥光在云端 / 如前一样把法展 / 三合之内把他栓 / 子牙闻言叫左右 / 排班跟我出营盘 / 一齐来到战场上 / 余元一见怒火燃 / 大骂一声贼姜尚 / 三番两次弄机关 / 惧留孙这杂毛老道不敢见 / 拿你当个傀儡玩 / 子牙听得心大怒 / 手提宝剑砍余元 / 余元宝剑来架住 / 二人大战在关前 / 惧留孙云端高高站 / 捆仙绳一举在半天 / 忙令黄巾并力士 / 凭空拿走一气仙 / 余元才要取宝贝 / 仙绳落来实非凡 / 从头到脚都捆上 / 蜘蛛网丝似一般 / 捆起余元回营转 / 姜子牙欢喜之中添愁烦

白　子牙见捆了余元，心中暗想：此贼刀枪不入，水火不能伤其身，如之奈何？忽见军士来报："启禀元帅，陆压道长求见。"姜尚与惧留孙迎进帐来，分宾主坐下。子牙曰："道兄何事到此？"陆压答曰："特为余元而来，贫道炼有斩仙刀一口，专斩妖邪之类，今天特来拿余元祭刀。"

唱 余元一见陆压到 / 只吓得三魂渺渺上九霄 / 无奈悲声前哀告 / 求道长饶过这一遭 / 余元也知衔环报 / 画你图形把香烧 / 陆压说余元知错太晚了 / 饶你我要犯天条 / 吩咐香案来摆好 / 陆压取出斩仙刀 / 一个葫芦放桌上 / 但只见一股白光冲云霄 / 白光当中现一宝 / 有眉有眼三寸刀 / 围着余元脖子绕 / 但只见头颅落地鲜血飙 / 二道长先辞回山且不表 / 又对韩荣说根苗 / 听得余元被斩了 / 思前想后泪双抛 / 料想孤城难得保 / 不如弃城别处逃 / 皇恩深重我难报 / 隐姓埋名过终朝 / 开言便把家将叫 / 准备麻袋好几条 / 装好金银与珠宝 / 今夜三更出城壕 / 家丁分工去料理 / 帅府内忙得乱糟糟

白 韩荣的两位公子韩升、韩变，正在花园玩耍，忽见家丁忙上忙下，府内一片混乱。韩升拉住一家丁问曰："何事如此匆忙？"家丁答曰："公子有所不知，老爷难守孤城，要弃城往深山逃遁。"韩升、韩变闻言，急忙走到堂前对父亲曰："孩儿弟兄二人，曾遇一异人传授万刃车，能敌百万雄师，父亲为何不用？"韩荣曰："我儿所玩风车，乃小孩玩耍之物，怎能抵周营虎狼之众？"韩升曰："待明日我弟兄到周营讨战，定要把周营将士杀个片甲无存，父亲才知我弟兄所言非虚。"

唱 次日韩升起得早 / 来对父帅说根苗 / 我弟兄万刃风车准备好 / 父亲掠阵走一遭 / 韩荣听罢将头点 / 带领人马出城壕 / 一直来到战场上 / 喊杀如雷震山摇 / 军士听见忙去报 / 韩荣大叫把兵交 / 子牙听见点人马 / 破关就在这一遭 / 大队人马出营外 / 子牙上前说根苗 / 纣王兵败如山倒 / 万里山河瓦冰消 / 将军不如把戈倒 / 不失封侯爵禄高 / 韩荣闻言心气恼 / 你把灵芝当苦蒿 / 宁为玉碎把国报 / 不做瓦全图富豪 / 只怕你死在眼前不知道 / 两军阵前还唠叨 / 子牙闻言心火

冒 / 哪位将军擒贼立功劳 / 魏贲纵马一声叫 / 立功报国在今朝 / 提枪照着韩荣刺 / 韩升接住把兵交 / 一个枪来虎咆哮 / 一个枪去龙涌潮 / 魏贲本是将门子 / 久战疆场武艺高 / 韩升风华正年少 / 要替父亲来撑腰 / 两边儿郎齐喊叫 / 牛皮战鼓咚咚敲 / 看看斗有三十合 / 杀得韩升汗湿袍 / 虚晃一枪拨马走 / 魏贲追来不能饶 / 韩升将枪往空举 / 风车放出如涌潮 / 犹如那千军万马杀来到 / 层层密密是枪刀 / 撞着哪个哪个倒 / 只吓得周营将士往回逃 / 子牙拨转四不像 / 众将保护转营壕 / 只杀得周营尸骨塞满道 / 儿郎鬼哭与狼嚎 / 韩荣传令收兵转 / 父子得胜喜眉梢

白 韩升、韩变回转关内，对父亲曰："为何不乘胜追击，一鼓擒姜尚？"韩荣曰："周营中奇人异士甚多，为父恐被暗算，故见好就收。来日交战，再擒姜尚不迟。"韩升曰："这一阵杀得周营人人丧胆，各无斗志，何不出其不意，前去劫营，管叫武王、姜尚成为瓮中之鳖。"韩荣闻言，心中大喜：我儿所言正合我意。大家养精蓄锐，等到三更，分头杀入周营，可一战成功。

唱 说着说着天色晚 / 一轮明月挂天边 / 韩氏弟兄忙披挂 / 养精蓄锐三更天 / 弟兄府前点人马 / 带齐风刃车三千 / 马摘銮铃人禁语 / 悄悄出了汜水关 / 来到周营发声喊 / 一齐杀进大营盘 / 魏贲抵住韩升战 / 宫适韩变战一边 / 万刃风车进营寨 / 排山倒海力无边 / 周营儿郎死千万 / 砍瓜切菜似一般 / 魏贲宫适难招架 / 勒转战马紧加鞭 / 韩升韩变大营进 / 见子牙保定武王出营盘 / 韩升韩变心大喜 / 擒贼擒王理当然 / 催马随后来追赶 / 风刃车儿带两千 / 车上发出连珠箭 / 子牙兵将难遮拦 / 子牙杏黄旗连展 / 护住武王与众官 / 走得慢的中刀剑 / 尸骨堆成一小山 / 边追边赶来得快 / 金鸡岭不远在当前 / 只见前面人呐喊 / 一队人马摆前边 / 子牙吓得魂不在 / 君臣今天命难全 / 只听一将喊元帅 / 原是郑伦催粮官 / 让

过武王与众将／拦在路边骂狗蛮／胆敢欺辱吾主上／拿尔人头把刀餐／韩升韩变不搭话／驱动风车冲上前／郑伦抬头来看见／万箭如雨起波澜／将杵向空只一摆／将鼻一哼出白烟／韩升韩变抬头看／顿时昏迷落雕鞍／乌鸦兵上前来捆起／风车兵霎时化灰烟／纸糊风车落在地／风平浪静月亮圆／子牙跳下四不像／上前请罪问武王安／武王说多亏毛公遂与周公旦／二人保我得安然／收住人马来查点／死亡三万又两千／子牙带众回营转／感谢郑伦运粮官／不说周营得了胜／又表败兵报进关／二位公子被擒住／三千风车化灰烟／韩荣听得如此语／放声大哭泪涌泉／只说隐归泉林下／一家厮守得团圆／今日两子被擒住／断了韩家后代烟／不表韩荣悲痛事／回文又把子牙谈

白 子牙回转汜水关前大营，令将韩升、韩变推来。二人此时才苏醒过来，身上已被绳捆索绑。韩升对韩变曰："此乃我弟兄为国捐躯之时。"二人来到帐前，立而不跪。子牙曰："如若你弟兄愿意归降，可修书劝你父开关投诚，可免一死。"韩升大怒骂曰："只有断头将军，而无投降将领，老贼休生妄想。"子牙无奈，只得带领人马，并带韩升、韩变来到汜水关前。韩荣站在关上，遥望周营，思念儿子，泪如雨下。见子牙带着二子来到关下，韩荣告曰："姜元帅！如若饶得犬子性命，韩荣情愿开关投降。"韩升曰："父亲乃朝廷重臣，深受皇恩，宁愿断头报国，不可苟安投敌。"子牙闻听，心中大怒，令南宫适斩二人于城下。南宫适得令，一刀一个，将韩升、韩变斩于城下。韩荣见二子被斩，大叫一声，坠城而亡。子牙念其忠义，令将他父子三人葬于汜水关下。子牙进关，出榜安民，在汜水关休整人马，再往界牌关进兵。

唱 不言子牙来休整／又表麻姑洞内人／黄龙真人修天性／忽然想起一事情／界牌关遇诛仙阵／吾奉师命要先行／出洞忙把祥云驾／霎时到了汜水城／按

落云头来落下 / 正遇李靖在府门 / 李靖一见黄龙到 / 上前忙把师叔称 / 真人说烦你去把子牙禀 / 说我来此有事情 / 李靖进府一声禀 / 子牙闻报出来迎 / 迎到府中来坐下 / 黄龙开言把话云 / 前面就遇诛仙阵 / 子牙不可再进兵 / 汜水关前四十里 / 搭一芦篷等师尊 / 子牙闻言传将令 / 便令宫适与黄明 / 你俩去把芦篷建 / 宽敞明亮不染尘 / 二将得令不怠慢 / 带领军士就起身 / 不表二将建篷去 / 十二金仙到来临 / 广成子与赤精子 / 玉鼎真与普贤真 / 还有文殊慈航道 / 灵宝法师惧留孙 / 终南山上云中子 / 清虚道与太乙真 / 黄龙真人先来到 / 玉鸟洞内道行真 / 也是神仙犯杀戒 / 又来陆压与燃灯 / 黄龙进府来禀报 / 前面芦篷已建成 / 燃灯便对众人讲 / 移住芦篷等师尊 / 众人说道言有理 / 搬往芦篷去安身 / 不说众仙迁营事 / 单表乾元太乙真

第五章　老子一气化三清　众仙大会诛仙阵

白 太乙真人对哪吒曰："吾闻余化血毒刀伤过你身上一朵莲花。此去五关路上，奇人异士甚多，你将这三枚红枣吃下，为师再传你几件宝贝。"哪吒闻言，将三枚红枣一并吞下，不一会儿只听浑身骨节响动，现出三头八臂，发似朱砂，巨口獠牙，只吓得哪吒魂不附体，跪在地上不敢抬头。太乙真人抚掌笑曰："天生异人，兴周灭纣，此武王洪福也！"便叫："哪吒！不用害怕，吾传你伸缩之法，应变随心。"哪吒闻言，心中大喜，默记咒语，果然收发随心。真人曰："哪吒！待吾再赐你几件宝贝，使八支手臂，无一空闲。"

唱 风火二轮脚踏定 / 火尖枪儿两手端 / 浑天绫罗一手掌 / 一手执定乾坤圈 / 一手掌定阴阳剑 / 一手拿着一金砖 / 两手拿好神火罩 / 八只手儿不得闲 / 遇着左道旁门士 / 阴阳剑下一命完 / 哪吒跪地把恩谢 / 叩谢老师来成全 / 太乙真人芦篷去 / 哪吒转回汜水关 / 来对师叔讲一遍 / 子牙闻听心欢喜 / 子牙传令聚众将 / 进来满营众将官 / 子牙说众师侄随我芦篷去 / 众将留守汜水关 / 武成王暂代元帅印 / 扶保武王在此间 / 说罢带领众门下 / 前往芦篷会众仙 / 广成子对燃灯讲 / 道兄你且听我言 / 吾等既已犯杀戒 / 何惧截教众妖仙 / 诛仙阵芦篷难看见 / 何不下篷看端的 / 众人齐说言有理 / 燃灯不好来阻拦 / 众人来到阵门外 / 见多宝口作一歌到阵前

歌曰："红尘难破惹兵戈，黄庭难诵是意魔。玉虚宫招灾惹祸，显本领挑起风波。今日里生死在我，诛仙阵大难逃脱。有人识得玄妙处，位列仙班登大罗。"

白 多宝道人歌罢，发一声响雷，现出诛仙阵来。只见得杀气腾腾，阴风飒飒，正东上挂有一口诛仙剑，正南上挂一口戮仙剑，正西上挂一口陷仙剑，正北上挂一口绝仙剑，光华夺目，前后都有门户。多宝道人跃出阵来，大叫曰："广成子休走！祸由你起，今日在此相见，该算一算你欠我截教之账。"广成子曰："在碧游宫外，你仗人多，前后阻拦于我。今日相逢，各凭本身修为，见个真章。"多宝闻言大怒，提剑砍来，广成子招架相还，一场大战。

唱　这才是纣王无道宠妖精／出家之人染红尘／一个是教主门下大弟子／一个是元始座前第一人／一个与西方有缘分／一个是犯完杀戒大道成／往来斗有八九合／广成子心内暗沉吟／今天是下篷来看阵／与他斗到几时辰／随手祭起翻天印／多宝一见慌了神／正要借遁进阵去／翻天印落来中后心／打得多宝站不稳／一跤跌在地挨尘／燃灯一见得了胜／率领众人转回程／来到芦篷才坐下／忽听空中仙鹤鸣／燃灯知是老师到／率领众人跪尘埃／异香扑鼻仙乐奏／来了元始大天尊／众人接师上篷去／十二弟子两边分／元始闭目盘禅坐／璎珞垂珠显庆云／祥光高照数十里／惊动多宝阵内人／望见芦篷金光照／知是元始到来临／要等吾师亲到此／才能与他动刀兵

白　次日早晨，多宝道人正在阵中，忽听得仙乐阵阵，空中异香馥馥，知是老师通天教主到了，急忙率众门人跪接道旁。教主下了奎牛，上八卦台坐下，多宝道人、金灵圣母、元当圣母、龟灵圣母四大弟子分列两旁，金光仙、乌云仙、灵牙仙、长耳定光仙等列坐其下。通天教主乃截教祖先，已修成三花聚顶，五气朝元。午时，教主五气冲空，燃灯在芦篷见到，对元始曰："老师！截教教主到了。"元始曰："此地非吾久留之地，排班下芦篷，会会通天教主。"众人领旨，排班下篷，伺候元始上了九龙沉香辇，冉冉来到诛仙阵前，燃灯高叫曰："请教主答话。"通天骑奎牛，带领多宝等众出得阵来，稽首为礼曰："师兄请了！”元始曰：“贤弟为何设此恶阵，岂不违背你在碧游誓言？”教主曰：“广成子骂吾教尽是披毛带角之类、羽生卵化之徒。三教一家，吾是此类，道兄！你教又是何类呢？”

唱 元始闻言微微笑／贤弟你且听我言／广成子解救子牙难／翻天印打现金霞冠／遵照你意把冠缴／众多门徒将他拦／你听谗言挑拨话／摆此恶阵灭诛仙／你门徒收得也太滥／审查之时也不严／多少披毛带角类／而今就在你面前／教主听得红了脸／元始休要出大言／此阵既然已摆下／你敢进阵玩一玩／元始说声听尊便／我便进阵走一番／教主拨牛转进阵／八卦台下手执幡／元始手指沉香辇／沉香辇下起金莲／徐徐走进诛仙阵／三花聚顶庆云翻／东边游到西边转／看了北边转南边／若无其事到处看／教主一见起杀端／发声掌雷震动剑／诛仙剑飞来非等闲／照着元始头落斩／元始无事似一般／头上金莲托住剑／元始作歌笑通天

歌曰：“好笑通天好厚颜，空将四剑挂中间。任你用尽千般计，我自纵横任往还。”

白 元始歌罢，坐在沉香辇上，缓缓走出阵来，如入无人之境，悠悠闲闲到芦篷下面，众弟子接着。元始曰：“阵内剑气森森，尔等道行尚浅，不能随意进阵。”南极仙翁曰：“老师既入阵中，何不破了他阵，让姜师弟好进兵东征。”元始曰：“尚有大师兄未曾到来，吾岂敢自专？大师兄来后，自有道理。”

唱 众人正在来谈论／耳听空中仙乐鸣／异香飘飘生紫瑞／板角青牛有叫声／元始知是师兄到／率领众人下篷迎／老君下了青牛背／元始躬身把礼行／众

多门人齐跪拜／老君挥手叫平身／老君元始同挽手／上篷坐下把话云／老君说你可进阵去看过／元始说昨天曾去阵内行／老君说既去就破他的阵／元始说等待兄长把令行／老君说若劝他归正他不肯／吾拿他紫霄宫内见师尊／不说二人在谈论／又表诛仙阵内人／通天教主抬头看／仙乐一派加牛声／通天知是老君到／吩咐座下众门人／老君李聃已来到／正好出去会他们／多宝道人领法旨／传齐众人出阵门／敲起金钟与玉磬／芦篷之下叫战争／哪吒一见上篷禀／教主要会老爷们／元始上了沉香辇／老君跨上板角青／带领众人到篷下／通天上前把话云／道兄可来评评理／阐教到处欺侮人／说我教尽收披毛带角类／不是羽化是卵生／红花白藕青荷叶／三教原是一家人／吾不服气摆此阵／看是他能是我能

白　老君听罢笑而问曰："贤弟！我三人共立封神榜，乃是应上天之劫数，你为何反阻周兵，使姜尚不能东进而违天命？你偏听偏信，受你门徒挑唆，岂为圣人之道？听我相劝，解除此阵，回碧游宫静修；若不听吾言，拿你到紫霄宫去见师尊，打入轮回，那就悔之晚矣！"通天教主闻言，心中无名火高万丈，大叫曰："李聃！我和你一体同人，总掌二教，如何这等轻视于我？吾阵已摆下，你敢来破此阵否？"老君闻言笑曰："通天教主！吾让你先进阵去布罢停当，我再进来，以免你手忙脚乱。"通天教主勒转奎牛进阵而去。

唱　通天教主回阵走／陷仙门下勒住牛／陷仙阙下来等候／老君若来将他收／只听空中牛声吼／老君骑上板角牛／只见牛脚生紫雾／金光万道照九州／老君一物拿在手／此宝名为太极图／老君将图只一抖／化作金桥门上铺／老君骑牛桥上走／信口作歌乐悠悠

歌曰："不二门中法更玄，汞铅相见结胎仙。未离母体头先白，才到神霄气已全。生成八景宫中客，不记人间几万年。清净修成真金塔，腹安五岳须弥山。"

白 老君歌罢，跨板角青牛从金桥上直到陷仙门上，如入无人之境。通天教主发一声响雷，震动陷仙剑，直向老君头上飞来。老君只当不知，头上玲珑宝塔将剑托住，那剑不能下来，老君手提扁拐，照通天教主打来，教主将剑架住，一场大战。

唱 这才是神仙犯戒惹红尘 / 陷仙门内动刀兵 / 扁拐对着太阿剑 / 奎牛抵住板角青 / 老君说鸿钧老师传三圣 / 要我们光大门庭扶明君 / 你盗了老师所藏四口剑 / 卖弄道术吓凡人 / 教主说你二人联手欺我教 / 拼个输赢才甘心 / 截教门下众弟子 / 一个个摩拳擦掌瞪眼睛 / 心想上前帮师父 / 又怎奈太极图上步难行 / 老君心中暗思忖 / 显一显玄都道行根基深 / 让通天得次大教训 / 才知道能人之上有能人 / 想罢将头只一拍 / 顶上三股清气生 / 老君仍与教主战 / 只听得正东来了一道人 / 穿红道袍骑异兽 / 大叫通天不是人 / 吾奉师令来擒你 / 快下奎牛受绑绳 / 教主闻言心大怒 / 何方妖道来逞能 / 你敢通下名和姓 / 各凭所学定死生 / 道人听罢微微笑 / 洗耳留神听分明

歌曰："混元初判道为先，常有常无得自然。紫气东来三万里，函关初度五千年。"

白 道人歌罢大呼曰："吾乃上清道人是也。"仗剑直取通天。通天教主不知上清道人来历，将剑架住一场大战。刚一回合，正南方一声钟响，又来一位道者，穿淡黄道袍，大呼曰："通天教主不要走，吾也奉令擒你来了。"通天教主问曰："来者何人报上名来。"

道人曰："你要知吾底细，听我道来：函关初出至昆仑，一统华夷属道门。我体本同天地老，须弥山倒性还存。"

道人歌罢大叫曰："吾乃玉清道人是也。"说罢仗剑来取通天教主。通天将剑架住，正欲交锋忽听正北方又是一声钟响，又来一道人，身穿万寿仙衣，手持三宝玉如意，骑金毛吼冉冉而来，大呼曰："通天教主！你执迷不悟，吾来助他们几位拿你到紫霄宫听候发落。"通天教主曰："来者何人，报上名来。"

道人曰："你要知吾根底，听吾道来：混沌从来不计年，鸿蒙剖处我为先。参同天地玄黄理，任你旁门望眼穿。"

道人歌罢大叫曰："吾乃太清道人是也！"说罢执三宝玉如意照通天教主打来。通天教主心下大为疑惑，被四位道人围住，杀得手忙脚乱。

唱　教主四面难招架 / 不由心中乱如麻 / 三位道人来头大 / 霞光万道放光华 / 老君扁拐劈头打 / 三清道人剑乱杀 / 三清原是头上气 / 也不能伤着教主一毫发 / 通天教主眼瞪天 / 三人根基实难察 / 老君一见心暗喜 / 作个歌儿戏弄他

歌曰："先天而老后天生，借李成形得姓名。曾拜鸿钧生道德，方知一气化三清。"

白　老君歌罢，一声钟响，就不见了三位道人。通天教主当时呆了半晌，被老君打了几扁拐，几乎跌下奎牛。多宝道人见老师被打，手提宝剑，走到陷仙门下，大呼曰："师伯，休要欺人过分，吾来也！"说罢，仗剑来取老君。老君笑曰："米粒之珠，也放光华！"用扁拐轻轻一敲，多宝道人宝剑落地。老君祭起风火蒲团，命黄巾力士将多宝拿去放在桃园，俟吾发落。黄巾力士领命，将风火蒲团对着多宝道人一晃，凭空将多宝道人拿去，关在桃园之中。

唱 老君捉了多宝道 / 只吓得截教门人四处逃 / 老君拨牛走出阵 / 回转芦篷气才消 / 元始忙把师兄叫 / 你看此阵有多牢 / 老君闻言微微笑 / 不过是纸糊老虎吓草包 / 只是我们人手少 / 杀他们四门也疲劳 / 言还未定人来报 / 广成子跑上芦篷说根苗 / 外面来了准提道 / 老君一听喜眉梢 / 说着帮手就来到 / 西方教主法力高 / 老君元始同站起 / 迎接西方老故交 / 还到芦篷来坐下 / 老君开言问根苗 / 教主此次来得巧 / 同去诛仙走一遭 / 准提说吾在八德池讲教 / 见东方杀气上腾千万条 / 诛仙阵内看热闹 / 来渡有缘上极乐桥

白 老君说道："准提道友！诛仙阵中有诛、戮、陷、绝四支仙剑，其他人道行尚浅，不能进阵，要同时破他四门，尚差一人。有烦贤弟到西方将大教主接引请来，同破诛仙阵，以顺天意。"准提闻言，起身稽首曰："二位教主！稍后一时，待吾回天竺将吾道兄请来，同破诛仙阵，共渡有缘人。"

唱 这才是准提告辞下芦篷 / 脚踏青莲上九重 / 凡人行程数月整 / 仙家妙用一刻钟 / 来到西方极乐土 / 莲台上面见道兄 / 西方接引开言问 / 贤弟为何来匆匆 / 准提说吾见东土杀气重 / 去渡有缘启愚蒙 / 走到界牌关下过 / 通天教主逆苍穹 / 摆下一个诛仙阵 / 多少凡夫死其中 / 四门悬挂四口剑 / 诛戮陷绝四钢锋 / 需要四人同进阵 / 因此转来请道兄 / 接引说吾不红尘染杀戒 / 准提说破阵不会见血红 / 渡得有缘回西土 / 弘扬我教得兴隆 / 西方教主把头点 / 二教主脚踏青莲起在空 / 不消半盏茶时候 / 来到界牌见芦篷 / 按住云头来落下 / 广成子远远望见喜融融 / 跑上芦篷来禀报 / 来了西方二仙翁 / 老君元始听得报 / 急忙迎接下芦篷 / 迎到芦篷来坐下 / 元始开言称道兄 / 此非吾等久居地 / 三教今日应会盟 / 宜早破了诛仙阵 / 各回净土练玄功

白　四仙翁芦篷聚会，应了三教会盟的上天垂象，西方教主曰：“吾等在西方清净之地，不谙红尘俗事，愿听二位仙翁安排。”元始令广成子、赤精子、玉鼎真人、道行天真四人伸过手来，在上面画了一道符印，并叮嘱四人：“你四人在吾等进阵托住四剑之时，将四剑摘下，我自有用。”四人领旨下篷去了。又令燃灯守住半空：“若通天借遁往上逃走，你可用定海珠打他。”燃灯领旨，往空中守候去了。

唱　元始安排已停当／四位仙翁又商量／四人各往一门进／一齐会合在中央／商量已毕下篷去／带领门人到战场／金灵圣母去禀报／通天出阵看端详／看见准提和接引／无名怒火出胸膛／你二人身居西方极乐土／为何到此多事帮／准提说只因为你逆天道／害得那凡夫俗子遭祸殃／劝你把阵来收了／以免轮回运无常／吾等来会有缘者／了却烦恼往西方／通天教主心大怒／夸口斗舌有何强／你二人敢进我的阵／分个雌雄见真章／勒转奎牛走进阵／上了八卦太中央／元始换乘四不像／诛仙门里进震方／通天教主发雷响／诛仙神剑如闪光／直往元始头上转／元始天尊不着忙／三花聚顶庆云现／托住宝剑往上方／广成子大步走进阵／摘下宝剑转身忙／教主大怒才要赶／又只见接引道人进西方／西门挂的戮仙剑／接引佛戮仙门下看端详／教主发雷震动剑／戮仙剑直奔接引头顶梁／接引将头一摇晃／三颗舍利放豪光／舍利子托住戮仙剑／犹如磁石吸铁钢／赤精子大步飞进阵／摘下仙剑走慌忙／急忙大步走出外／教主一见痛断肠／一勒奎牛才要赶／老君骑牛进南方／教主发雷震动剑／陷仙剑飞来不寻常／老君头上玲珑塔／放出万丈亮金光／金光将剑来射住／玉鼎真人来得忙／纵上取下陷仙剑／气得通天脸发黄／才要催牛去追赶／准提道人进北方／教主只好发雷响／绝仙剑一闪到头梁／准提七宝妙树只一指／万朵青莲放豪光／青莲托住绝仙剑／道行天尊进阵忙／纵上取下绝仙剑／教主气得把口张／四位仙翁齐围住／围住通天在中央

白　通天教主见西方接引手无寸铁，举剑砍来。接引用手一指，掌上生出青莲，托住宝剑。老君用扁拐打来，元始用玉如意打来。准提把身一摇，叫声道友何在？半空中飞来孔雀明王，将五道光华在阵内抖动，诛仙阵内层层阴气一扫而光。截教众门人纷纷躲避。准提现出法身，二十四头，十八只手，手上皆拿兵器。老君打了通天一扁拐，打得通天三昧真火冒出。准提持神杵将通天教主打下奎牛，教主借遁往空而逃。燃灯奉师令守在空中，见教主遁光而来，忙将定海珠打下，通天教主被定海珠打落尘埃，随借土遁走了。此时诛仙阵已破，截教众门人树倒猢狲散，各自顾命逃走。

贺曰："堪笑通天教不明，千年掌教陷群生。宝剑空悬成画饼，元神耗尽竟无名。"

白　四教主回到芦篷坐下，老君曰："姜尚！你去取关，吾等不再叨扰红尘，就此回宫去了。西方二位教主相助之德，容后再谢。"说罢，四教主与众门人各自回山不表。

唱　不表众仙回山转／回文又把子牙谈／回到汜水关内去／请王驾来问王安／武王随军往东进／界牌关下扎营盘／不说子牙安营事／回文又表界牌关／守关主将名徐盖／有意归周已多年／探得子牙人马到／府堂召齐众将官／徐盖开言来探试／众位将军听我言／凤鸣岐山出圣主／武王仁德人称贤／三分天下已有二／吾想保生灵献此关／闪出王豹彭遵将／总兵呀献关投降请休谈／食君之禄当报本／吾等誓死保此关／徐盖心中自打算／船遇漩涡会转弯／不说界牌来议论／又把子牙表一番／次日子牙升军帐／便问左右众将官／哪位将军见头阵／一举拿下界牌关／左哨先行忙拱手／魏贲愿去走一番／说罢提枪跳上马／带领三军出营盘／来到关下高声叫／快发能将来会俺／守城军士来看见／跑进帅府报事端／城外有贼来讨战／请发能将会贼蛮／徐盖开言问众将／哪位将军走一番／旁

边走出彭遵将／末将愿去斩凶顽／说罢提枪跳上马／炮响冲出界牌关／来到战场抬头看／见一将铁枪黑马似炭团

白 彭遵一见魏贲，大喝曰："周将通名来！"魏贲曰："吾乃扫荡成汤天保姜元帅麾下、左哨先行官魏贲是也。尔乃何人，敢以界牌关一弹丸之地，抵抗天兵？"彭遵答曰："吾乃界牌关上将彭遵是也。你不过是马前一走卒，安敢小视我界牌关人？不要走，看枪！"举手一枪，当胸刺来。魏贲将枪架住，一场争斗。

唱 话不投机怒生嗔／两下起手动刀兵／一个枪去龙摆尾／一个枪来蟒翻身／彭遵说西岐为臣不本分／犯上作乱罪不轻／魏贲说纣王荒淫害百姓／八百诸侯讨昏君／果然好个将魏贲／大朵枪花围彭遵／往来交战三十合／彭遵不是对手人／虚晃一枪败下阵／魏贲催马随后跟／彭遵扭转头来看／彭遵扬鞭催马临／将枪挂在鞍桥上／囊内取出宝和珍／取朵荷花拿在手／往地一撒化阵门／此阵名为荷花阵／彭遵催马进阵门／魏贲不知是何阵／纵马加鞭到来临／彭遵随手发雷吼／一道黑烟往上升／劈面雷打魏贲顶／连人带马化灰尘／可怜魏贲归周主／未受皇封命归阴／军士一见吓一跳／急急忙忙跑进营／进帐来对元帅讲／魏将军误中妖雷丧了身／子牙闻报顿足叹／魏贲还未受皇恩／一旁恼了冀州将／苏护躬身把话云／吾带冀州诸员将／愿取界牌立功勋／子牙说老将军上阵要仔细／苏护说不劳元帅细叮咛／随带着全忠赵丙孙子羽／苏家人马出了营／来到关下高声叫／哪一个不怕死的会爷们／守城军士跑进府／城外周将讨战争／徐盖还未开言问／走出王豹正先行／末将愿去会周将／不擒周将不算能／言罢提戟跳上马／带领儿郎出关门／来到战场抬头看／见一将年纪虽迈杀气腾／王豹一见开言问／来将快通姓和名

白　苏护见问，马上答曰：“某乃冀州侯苏护是也！”王豹闻言，大怒骂曰：“苏护！你乃天下无情无义之徒！你身为国丈，苏娘娘正在得宠，满门富贵，人臣之位极矣，为何反投西土，充当马前走卒，你有何面目立于人世？”苏护闻言，气冲牛斗，纵马摇枪，直取王豹。王豹将戟架住，一场厮杀。

唱　二将战场杀气昂／界牌关下摆战场／一个弃暗投明主／一个忠心保纣王／全忠赵丙孙子羽／大喝一声上战场／枪刀并举叮当响／围住王豹在中央／苏护本是马上将／未拿王豹放心旁／这王豹架得刀来斧又到／挡了斧来又挡枪／王豹实实难招架／兜转马头走得忙／赵丙喝声哪里走／除非二次投爹娘／王豹见贼赶得紧／口念咒语请雷王／发手一个雷声响／雷打赵丙落疆场／孙子羽拍马来援救／这王豹连发二雷将他伤／孙子羽被雷打中跌下马／王豹一枪一个见阎王／苏家父子吓呆了／鸣锣收兵转营房／进营来对元帅讲／赵孙二人把命丧／子牙闻言心内想／又是左道逞凶狂／不表子牙营中事／又表王豹进关防／进府来对主将讲／末将雷打二人亡／徐盖虽然未嘉奖／在心里愿他二人死沙场／一夜晚景难言讲／次日东方出太阳

白　子牙升帐，便对门人曰：“前面几位将军皆死于左道旁门之术，今天哪位弟子前去讨战？”雷震子曰：“弟子愿往。”说罢，提棍出营而去。来到战场高叫曰：“守关军士听着，快叫发雷之人出来受死。”军士听得，跑进总兵府禀报而去。军士进府门，报与老爷听，来个雷公嘴，关下叫战争，若不发能将，他要杀进城。徐盖闻报问曰：“哪位将军出战退敌？”彭遵答曰：“末将愿往。”说罢，提枪上马杀出关来。一见雷震子巨口獠牙，发似朱砂，面如蓝靛，心中畏惧。上前问曰：“来将何名？”雷震子曰：“吾乃武王之弟雷震子是也。闻听你会随手发雷伤人，特来取你狗命。”说罢，提棍打来。彭遵提枪架住，一场大战。

唱 二位战场怒冲冲/枪棍并举大交锋/雷震展开风雷翅/平地拔起飞半空/黄金棍如泰山重/好像枯叶遇狂风/震得彭遵两膀痛/实在难敌小仙童/打人还得先下手/久战下去要遭凶/想罢拨马便败走/震子哪肯将他容/展开双翅来追赶/刷的一声往下冲/一棍打在马头上/彭遵马上倒栽葱/雷震子复又一棍去/打得他脑浆飞出骨头松/败兵逃进关内去/跑进府中禀徐公/彭遵将军去出阵/命丧黄泉染血红/徐盖闻报心暗想/逆天而行当遭凶/倒不如抄好户籍与银库/出关纳降姜太公/王豹在旁说不可/明天某家定成功/不说关内来议论/又表震子转营回/回营来对师叔讲/棍打彭遵在沙中/子牙闻言心欢喜/记下雷震得一功/不言周营得胜事/关内王豹逞英雄/也不上帐见主帅/放炮开关来得凶/来到战场高声骂/大叫姜尚来交锋/军士听得不怠慢/进营报与姜太公/打死赵孙那贼种/营外辱骂喊交锋

白 子牙闻报，问左右门人曰："昆仑山下哪位弟子出战？"旁边走出哪吒，躬身行礼答曰："弟子愿往。"子牙点头允许，嘱咐哪吒小心行事。哪吒曰："不劳师叔吩咐，子弟自然晓得。"说罢提枪蹬轮，出营而来。来到战场，王豹问曰："蹬轮者可是哪吒么？"哪吒答曰："既知吾名，还不下马受缚，饶你不死。"王豹大怒，拍马摇剑，直取哪吒。哪吒尖枪招架相还，一场拼斗。

唱 这才是话不投机半句多/两下举手动干戈/这一个乾元山下学玄妙/这一个曾拜异人把法学/这一个莲花化成灵珠子/这一个凡夫俗子拜头陀/王豹枪来如雨颗/火尖枪起龙戏波/看看斗有三十合/王豹心中暗琢磨/打人不如先下手/久战要吃五子夺[①]/发手一雷对面打/哪吒火轮如穿梭/李哪吒足踏双轮

① 五子夺：方言歇后语五子夺魁，此处作吃亏。

空中过／王豹发雷打不着／哪吒乾坤圈祭起／落来打中贼脑壳／王豹一跤跌下马／两眼紧闭如睡着／哪吒一枪命结果／收兵回营奏凯歌／不说周营得胜事／回文又把败兵说／跑进关来进帅府／来对老爷把话说／王豹将军去出阵／命丧黄泉见阎罗／徐盖闻报心中喜／去掉降周绊脚索／铺开纸张写降表／吩咐百姓扫城郭／关内军士正准备／忽然来了一头陀／一直走进元帅府／问声将军干什么

白　头陀对徐盖曰：“将军清理府库钱粮，是准备归降周营么？”徐盖曰：“孤城难守。敢问道长哪座名山，何处洞府，到此作甚？”头陀曰：“贫道乃蓬莱岛炼气士法戒是也，彭遵是吾徒弟。听说被雷震子打死，吾特来替徒报仇，捉拿姜尚，为将军建不世之功。”徐盖闻言，默不作声，任凭法戒施为。

第六章　子牙大战穿云关　杨任下山破瘟癀

唱　话说之间天色晚／一宿已过又天明／次日法戒见元帅／杀贼破敌在今天／你我领兵去讨战／一战定把子牙拴／徐盖无奈统兵马／带领人马出了关／一直来到战场上／大喝巡营众兵官／快叫子牙来会我／迟延一刻踏营盘／军士听了忙去禀／去对元帅把话传／营外头陀来讨战／要见元帅把话言／子牙听得军士报／吩咐左右快列班／子牙上了四不像／众多门人在后边／来到战场抬头看／见一头陀鬼一般

诗曰："头戴金箍灿烂生，身穿道服绣鹤群。脸如银盆头似牛，巨口獠牙颠倒生。发似朱砂眼如电，脚蹬麻鞋走山林。封神榜上无名姓，他是西方有缘人。"

白　子牙看罢，打稽首曰："道长请了！"法戒曰："吾乃蓬莱岛炼气士法戒是也。吾徒彭遵被雷震子打死，吾特来为徒报仇。姜尚！快将雷震子献出，万事全休，如若不然，吾连你一并拿下，解往朝歌。"雷震子闻言，心中大怒骂声："妖道！吾来也。"展开风雷双翅，手提黄金棍，临空打来。法戒将剑架住，一场大战。

唱　二人七窍冒火烟／棍剑并举战一边／震子深狠贼法戒／黄金棍来如泰山／法戒哪有震子勇／剑架金棍两膀酸／雷震子由上往下多省劲／这法戒由下往上费力难／看看斗上三五合／法戒取出阴阳幡／将阴面对着震子绕几绕／雷震子由空跌落地平川／军士上前来捆起／雷震子脚扒手软死一般／法戒大叫擒姜尚／恼了哪吒先行官／双轮催动尖枪摆／妖道休要逞凶蛮／法戒敌住哪吒战／剑去枪迎冒火烟／哪吒身经千百战／哪把法戒放心间／火尖枪来如雨点／杀得法戒汗湿衫／心想用宝来取胜／无奈两手不得闲／哪吒一见微微笑／妖道何不快用

幡／法戒将幡拿在手／对着哪吒晃几圈／哪吒全然不理睬／好像无事似一般／法戒见宝不灵验／心中犹如滚油煎／正要抽身转关去／哪吒祭起乾坤圈／闪电一般来打下／法戒跌在地平川／哪吒举枪才要刺／法戒借遁逃进关／子牙传令收兵转／失去雷震心不安／不说子牙营内事／又表徐盖收兵还／法戒上前来相见／误中哪吒乾坤圈／怪我粗心未防范／服下丹药已好完／快将雷震推来见／两眼紧闭软如棉／法戒将幡阳面照／震子还魂转阳间／雷震破口便大骂／恨不能一棍打你成肉丸／法戒吩咐推去斩／徐盖说不如将他且收监／等待擒了子牙后／解往朝歌见圣严／法戒闻言将头点／明日定把子牙拴

白　法戒次日起来，手提宝剑，大步下关来到战场，大叫曰："子牙出来会吾！"小军听得，跑进中军禀报："启禀元帅！头陀又来讨战。"子牙闻报，跨上四不像，带领众人来到战场，大骂曰："法戒！昨日放你一条生路，今日有何颜面再来交锋？"法戒曰："胜败乃兵家常事，今天不擒你解上朝歌，誓不收兵。"说罢，仗剑直取子牙。子牙将剑架住，一场厮杀。

唱　法戒提剑怒气生／剑刺子牙不留情／子牙催动四不像／宝剑相碰火光生／一个是封神榜上无名姓／一个是代表三教来封神／一个是蓬莱岛上炼气士／一个是修仙悟道在昆仑／李靖提戟来助战／替下子牙老元勋／法戒抵住李靖战／子牙神鞭往上升／法戒封神榜上无名姓／打神鞭只打神来不打人／法戒伸手接鞭去／子牙一见胆战惊／行孙押粮先来到／见头陀杀得难解又难分／摆动一字通天棍／专打头陀下半身／三人正在来交战／杨戬押粮到来临／杨戬舞刀入战阵／围住法戒在中心／法戒正在危急处／来了三路押粮人／郑伦营门来看见／催动坐骑火金睛／宝杵摆动入战阵／进阵鼻子哼一声／一道白光出鼻孔／法戒跌倒

地尘埃 / 乌鸦兵上前来捆起 / 子牙收兵转回营 / 推上法戒来相见 / 低头叹气不做声 / 子牙传令推去斩 / 南宫适推出要行刑 / 忽见一人赶来到 / 大叫刀下快留人

白 准提道人大叫曰："南宫将军！烦通报一声，说贫道求见。"南宫适跑进帐来："启禀元帅！西方准提老师求见。"子牙闻报，出外迎接。准提曰："法戒封神榜上无名，却与我西方有缘，贫道体上天好生之德，请元帅饶恕法戒。"子牙曰："老师吩咐，敢有不从。"叫左右松绑。准提曰："法戒道友！肯皈依我西方否？"法戒拜谢子牙不杀之恩，情愿皈依西方。准提大喜，带领法戒往西方极乐世界而去。

唱 不表准提回西土 / 又把徐盖说从头 / 看见法戒被擒走 / 今日一定能归周 / 监中放出雷震子 / 请求带路把周投 / 二人同到营门口 / 震子进营说根由 / 子牙闻言传令进 / 徐盖参拜面含羞 / 徐盖来迟罪深重 / 伏望元帅来收留 / 子牙说将军来投知时务 / 头前带路进关楼 / 休兵养马三日后 / 大兵发往穿云州 / 离关十里扎营寨 / 子牙问哪位将军建头筹 / 徐盖闻言忙拱手 / 尊声元帅听根由 / 穿云关是吾兄弟徐芳守 / 待我说他也来投

白 徐盖对子牙曰："穿云关守将是舍弟徐芳，不用张弓支箭，待某进关说其来归如何？"子牙曰："若能兵不血刃，使令弟来归，吾之愿也。"徐盖告辞元帅，径往穿云关来。至关下，叩关叫曰："守关将校！报与你主将徐芳，说他胞兄徐盖有事见他。"守关军士听得，跑进府内禀报曰："启老爷！徐盖老爷求见。"徐芳听得徐盖归周，已气得三尸神暴跳，七窍内生烟。听传报，令刀斧手埋伏帐后，听从号令，拿下卖主求荣匹夫。

唱　军士把关来开启／进来徐盖忠厚人／走进府堂见兄弟／见徐芳满脸怒容瞪眼睛／徐盖说纣王无道害百姓／武王仁德称明君／八百诸侯已约定／孟津会盟讨昏君／兄弟何不顺天意／献关降顺保黎民／徐芳闻言心大怒／胡言乱语罪不轻／喝令左右快拿下／待擒武王解朝廷／两旁军士一声喊／拿下同胞共母人／徐芳吩咐收监下／来日战场会周兵／不说徐盖被擒事／又表子牙领兵人／不见徐盖有音讯／便令哪吒正先行／你可关下去讨战／打听徐盖死与生／哪吒领了元帅令／双脚蹬上风火轮／来到关下高声叫／徐芳快来领死刑／军士听得忙去禀／报与主将得知闻／城外有贼来讨战／请发能将会来人／徐芳闻报开言问／哪位将军去出征／言还未定人答应／闪出马忠正先行／末将不才情愿往／徐芳吩咐要小心／马忠领令出关外／见一将蹬风火轮

白　马忠催马上前问曰："蹬轮者是哪吒么？"哪吒答曰："既知吾名，还不下马受缚，更待何时？"马忠笑曰："徐盖匹夫已被吾等拿下，待擒完你这些反贼，一齐解往朝歌请功。"哪吒闻言，心中大怒，手提火尖枪当胸刺来。马忠将枪架住，一场大战。

唱　二人说话把脸翻／丈八蛇矛对火尖／一个蛇矛如龙摆／一个火尖似蟒翻／二人枪法无破绽／两个都任先行官／两边儿郎齐呐喊／生死只在一瞬间／看看斗上三十合／马忠心内自详参／哪吒本是学道士／与他战到几时间／想罢把嘴来张开／口中不住吐黑烟／马忠走到烟内去／等待哪吒到面前／哪吒睁眼难看见／火轮一纵飞半天／马忠久等人不见／只好收了那神烟／马忠抬起头来看／见哪吒三头六臂面色蓝／马忠吓得魂不在／勒转马头要进关／哪吒祭起神火罩／罩住马忠不能前／哪吒将罩只一拍／那马忠连人带马化灰烟／哪吒掌起得胜鼓／儿郎高唱凯歌还／不说周营得胜事／又表军士报进关／今日马忠去出阵／被贼打死

在阵前／徐芳闻报心纳闷／龙安吉站在一旁把话言／马忠本来道术浅／上阵全凭一口烟／明日末将去出阵／不擒贼将誓不还／说着说着天色晚／一宿已过又明天／龙安吉起来忙梳洗／带领人马出了关／一直来到战场上／大喝巡营众将官／快去报与你主帅／速发能将来会俺／军士听得此言语／跑进中军把话传／城外有贼来讨战／快派能将把贼拴／子牙闻报问众将／哪位将军走一番／旁边走出黄飞虎／末将愿去会贼蛮／说罢提枪上牛背／炮响冲出大营盘／龙安吉战场抬头看／见一将威风凛凛坐雕鞍

白　龙安吉大呼曰："来者何人？"飞虎曰："吾乃武成王黄飞虎是也。"龙安吉曰："原来你就是叛臣黄飞虎。我成汤社稷之危急，全由你起。今日闯在我手，正好拿你解往朝歌。"说罢，手提大斧，劈面砍来。飞虎枪架相还，一场大战。

唱　纣王无道宠娇娘／穿云关前摆战场／斧来犹如龙戏浪／枪去好似虎离冈／一个弃暗投明主／一个忠心保纣王／安吉说纣王何事亏待你／抛弃荣华反成汤／飞虎曰昏君无道乱伦理／炮烙挖心害忠良／小小穿云何足道／人心已归周武王／二人堪称马上将／金雀斧对黄家枪／安吉马上自思想／果然好个武成王／若不用宝难取胜／犹恐失机在战场／想罢左手用斧挡／右手去摸豹皮囊／取出一物拿在手／连环暗扣放乌光／抛在空中叮当响／安吉叫声武成王／飞虎抬起头来看／一跤滚落地中央／军士上前用绳绑／龙安吉得胜喜洋洋／吩咐打起得胜鼓／耀武扬威转关防／进府来对主将讲／阵上生擒武成王／徐芳传令推进帐／飞虎魂魄才还阳／只见两膀被绳绑／立而不跪气昂昂／徐芳说反贼今天也如此／荣华富贵在何方／飞虎闻言哈哈笑／大骂无义贼徐芳／咱不过蛟龙游在沙滩上／白额猛虎

落平阳／要杀要砍由在你／狐假虎威为哪桩／徐芳传令收监下／擒他君臣解朝堂／不说这里得胜事／又表小军进营房／贼将营外又讨战／满嘴喷粪骂爹娘／子牙还未来传令／闪出洪锦拜一旁／龙安吉原在我手下／过去本事也平常／待某今日去出阵／说他弃官来归降／说罢提枪跳上马／快马加鞭到战场／来到战场抬头望／见安吉二目朝天正猖狂

白　洪锦催马上前大喝曰:“龙安吉！认得我么？”龙安吉见是洪锦,大骂曰:“卖主求荣、贪生怕死反贼，有何面目来见故旧？吾今日替纣王爷拿下反贼。”说罢，催马摇斧，直取洪锦。洪锦大怒，将枪架住，一场大战。

唱　战场之上杀气生／各为其主来相争／自古战场无兄弟／枪刀之下定死生／斧砍顶门差三寸／枪到咽喉差一分／安吉说你伐西岐把周顺／有何面目见故人／洪锦说君不正臣投外国去／择木而栖是良禽／安吉说成汤封你总兵印／武王拿你当小兵／洪锦说武王本是有道主／民丰物阜圣明君／棋逢对手无高下／降遇良才杀个平／看看斗有五十合／龙安吉施展法术要拿人／取出一物连环扣／抛在空中叮当声／洪锦抬起头来看／一跤跌在地尘埃／军士上前来捆起／鸣锣收兵转关门／来到府前下战马／进府参见徐总兵／今日末将去出阵／擒拿洪锦在营门／徐芳传令收监下／将军功劳实非轻／飞虎一见洪锦到／二人点头叹几声／大河大浪都走过／不想船翻在穿云／不说二人来叹气／又表军士报进营／洪锦将军去出阵／同样又被那贼擒／子牙闻言顿足叹／失去两位大将军／不说周营伤心事／又表关内得胜人／龙安吉披挂多齐整／手提大斧又出征／来到营外高声叫／子牙快来受绑绳／军士听得进营禀／那贼又来叫战争／恼了后队南宫适／末将愿去会贼人／子牙无奈将头点／南宫提刀出营门／一骑飞来到阵上

人財两旺

白　龙安吉一见来将杀气腾腾，催马上前叫曰：“来将通名，吾斧下不砍无名之辈。”南宫适骂曰：“逆贼！本将军乃扫荡成汤姜大元帅麾下、后队先行南宫适是也。你凭妖术擒我几员大将，吾特来拿你。”说罢，提刀拍马，直向龙安吉砍来。龙安吉用斧招架，一场大战。

唱　南爷战场气呼呼／骂声安吉小匹夫／今日战场拿住你／剥你皮来吃你肉／安吉闻言心大怒／不擒老贼心不服／三十六路宣花斧／好似蛟龙戏宝珠／南爷本是马上将／大刀舞动旋风扑／战场只见刀对斧／儿郎喊声震山谷／真是下棋逢对手／不分高下赢与输／看看斗有五十合／安吉心内自踌躇／若不用宝难取胜／犹恐失机在中途／怀内取出连环扣／此宝名为四肢酥／抛在空中叮当响／南爷听到浑身酥／一跤跌落尘埃地／两眼紧闭像睡熟／安吉打起得胜鼓／押起南宫转关中／来到府前下战马／来对总兵说根由／今日又擒南宫适／徐芳吩咐下监狱／徐芳摆上庆功酒／功劳簿上把名书／不说关内庆功事／又表子牙皱眉头／今天又折南宫将／何时才能破妖术

白　龙安吉连日得胜，十分欢喜，心中暗想，周营虽有玉虚门下，也不过如此。今日待吾再去出阵，一定又要建功。想罢，提斧上马，冲出关来，来到战场大喝曰：“反贼姜尚！快出来受缚。”军士闻言，急忙跑进中军禀报：“启禀元帅！龙安吉那贼又来讨战。”子牙闻报，大怒骂曰：“贼子欺我营中无人，胆敢猖狂如此！”旁有哪吒大叫曰：“今日不杀此贼，誓不回兵！”说罢，手提火尖枪，脚蹬风火轮，飞出营来。来到战场，见龙安吉耀武扬威，心中大怒，也不搭腔，手举一枪，分心便刺。龙安吉斧架相还，一场争斗。

唱 气满胸膛无处宣／二将大战穿云关／尖枪金鸡把头点／大斧仙女卷玉帘／斧法异人来指点／枪法太乙真人传／风火轮对着青鬃马／宣花斧抵住枪火尖／一个关内称上将／一个东征先行官／看看斗上三十合／龙安吉怀内取出扣连环／抛在空中叮当响／哪吒抬头看端的／只见一对连环扣／大圈里面套小圈／哪吒本是灵珠子／用手一招落下边／哗啦一声圈落地／吓得安吉魂飞天／哪吒一见哈哈笑／你圈不如我的圈／乾坤圈子来祭起／乾元宝贝实非凡／落来打在顶门上／龙安吉一命呜呼丧黄泉／哪吒掌起得胜鼓／儿郎高奏凯歌还／进宫来把元帅见／打死贼将在阵前／子牙闻言心大喜／功劳簿上把名添／不表周营得胜事／又表小军报进关／龙将军今日去出战／被贼打死在阵前／徐芳闻言吓破胆／再无良将能守关／急忙写下告急本／差人朝歌把兵搬／又差守将方忠义／囚车装上将四员／解往朝歌去问斩／催促救兵转回关／忠义领了主将令／押解四人出了关／不表忠义解人事／又表那九龙岛上一散仙

白 吕岳道人自从上次帮助殷红兵伐西岐失利以来，回转九龙岛炼就瘟癀伞，要在穿云关前摆一瘟癀阵，让西岐东征人马皆染上瘟癀疫症，然后一一斩杀，以报仇恨。吕岳想罢，不等道友陈庚前来，独自一人，借土遁往穿云关而来。不一时到了穿云关下，对守城军士曰："烦你通报一声，有吕岳道人求见。"军士闻言，急忙进府报与主将得知："外有道人求见。"徐芳闻报，令军士开关放进。

唱 军士开关说声请／进来吕岳一道人／徐芳说哪座名山何洞府／有何贵干到穿云／吕岳说九龙岛上炼气士／吕岳就是我的名／吾与子牙有仇恨／借你关前摆阵名／尚有一人来赶后／他的名字叫陈庚／我二人摆下一瘟阵／管叫他西岐

人马活不成／徐芳闻言心欢喜／置酒款待吕道人／一夜晚景难言尽／金鸡高唱又天明／吕岳起来忙梳洗／手提宝剑出穿云／迈步来到战场上／大喝巡营众兵丁／快叫子牙来会我／迟慢一步要踏营／军士急忙进帐禀／外面来一凶道人／奇形怪状高声骂／脸上三只怪眼睛／子牙一时想不起／带领门人出营门／一直来到战场上／认得吕岳败阵人

白　子牙催动四不像上前曰："吕道友！前次在西岐放你一条生路，为何不闭门思过，还要再惹是非？"吕岳曰："姜尚！自古一报还一报，吾此次再来，誓报前日之羞。"说罢，手提宝剑，直取子牙。旁有哪吒尖枪接住，一场大战。

唱　仇人相见两眼红／剑枪并举大交锋／吕岳想报多年恨／哪吒想快到临潼／旁边恼怒雷震子／风雷二翅飞半空／提棍当头来打下／吕岳举剑挡上空／金木二吒也上阵／围住吕岳在当中／吕岳把头只一拍／三头六臂显威风／哪吒骨节只一响／三头八臂更是雄／吕岳一见难取胜／列瘟印一举飞半空／一印打中雷震子／震子跌落在地中／金木二吒来救起／子牙气得眼发红／忙把打神鞭祭起／落来打中吕岳胸／打得三昧真火冒／头重脚轻倒栽葱／哪吒尖枪当头刺／吕岳借遁走如风／逃进关中来坐下／徐芳接住问从容／吕岳说等两天吾的道友到／再与子牙论雌雄／不说吕岳等道友／又表那杨戬催粮到营中／回到营中来交令／问师叔这两天是否去交锋／子牙说上次逃走贼吕岳／昨天忽然来帮凶／杨戬说此人一走数年整／觅地炼宝又潜踪／今日穿云关出现／定有奸险在其中／不言周营来议论／又表九龙岛上一道翁

白 九龙岛炼气士陈庚，几年来与吕岳同炼瘟癀伞，如今九把瘟癀伞已经炼好，陈庚赶赴穿云关与吕岳相见。来到关下大叫曰："守关军士！快报与你主将得知，说陈庚关外求见。"军士听得，报进府中："启禀老爷！有一道人自称陈庚，在关外求见。"吕岳听见，说道友到了，赶快开关请进。徐芳闻言，大开关门，迎接陈庚进关。

唱 陈庚进府来坐下／吕岳开口把话言／贤弟炼的瘟癀伞／二十四把已炼完／陈庚听罢将头点／吕岳一见心欢喜／来日你我去出战／摆下一阵在关前／把姜尚引进瘟癀阵／叫他个个肝发炎／是杀是剐听随便／完成大事好回山／徐芳闻言心大喜／多谢两位来成全／不说关内想好事／回文又表终南山／终南山上云中子／修身养性保天颜／正在洞中来修炼／忽有童子进洞前／忙将法旨来呈上／云中子接来看端的／上有玉虚宫符印／快快速到穿云关／姜子牙当有百日难／你且代他掌兵权／当时打发童子转／借遁就往穿云关／不消半盏茶时候／按落遁光在营前／杨戬巡营来看见／上前就把礼来参／二人同时进宫内／子牙迎接到帐前／进帐分宾来坐下／云中子马上就开言／子牙公当有百日难／事满百日自然安／明日吕岳来讨战／他摆瘟癀在关前／你去不要与他战／看完阵后就回还／说着说着天色晚／金鸡高唱五更天

白 次日吕岳、陈庚两道人梳洗已毕，手提宝剑，出关而来。来到营前大叫："姜尚！快出来会我。"军士闻听，急忙进帐禀报："启禀元帅！外有道人讨战。"子牙带领众门人，出营来到战场。吕岳大叫曰："姜尚！你非凡夫俗子，斗力拼勇，你我乃教门之士，当凭心中所学。今摆一阵，你可看来，知其名否？"

杨戬曰："吕岳！既凭各自修为，在我等看阵之时，不可暗器伤人。"吕岳曰："大丈夫光明处世，岂是尔等小人行为？"子牙在众门人保护之下，齐来看阵。

诗曰："生门关闭死门开，旗分五色按三才。二十四把瘟癀伞，将台三方排列开。阴风扑面云霭霭，团团杀气阵内埋。黑暗暗鬼号声哀，神仙进内瘦如柴。"

白　子牙看罢暗想：吾师曾言穿云关下遇瘟癀，此定是瘟癀阵了。乃对杨戬曰："此乃瘟癀阵，还未摆全。摆全后，吾等定来破阵。"吕岳闻言，心中大惊：吾数年心血炼成此阵，不想玉虚门下也知此阵？子牙率领众人回营去了。吕岳也收兵回关，在中军坐下，心甚不安。

唱　吕岳陈庚在议论／军士进来报一声／外面来了一道者／自称名姓叫李平／吕岳闻声一声请／进来李平把礼行／吕岳说道友到此有何事／李平说特为此阵到来临／你我都是修道士／紧闭洞门诵黄庭／子牙东征伐无道／此乃顺天而应民／劝你收了瘟癀阵／回转九龙享清平／吕岳说吾与子牙有仇恨／有仇不报枉为人／道友无须再相劝／看吾一阵把功成／李平闻言顿足叹／好言难劝死心人／三人谈论天色晚／一夜无言天又明／次日吕岳早早起／相约陈庚出关门／来到战场高声叫／子牙快来破阵门／军士听得进帐禀／吕岳营外叫交兵／子牙取出兵符与印信／交与云中代执行／云中说吾给你手中画符印／进阵后速把金黄旗来撑／任何瘟疫不侵体／百日之后自安宁／子牙告辞出门去／众多门人随后跟／一齐来到战场上／吕岳迈步到来临／大叫一声老姜尚／你我不必动口唇／吾进阵去等候你／你敢进阵把你擒／说罢提剑走进阵／法台之上坐稳身／子牙提剑追进阵／杏黄旗子手内撑／吕岳瘟癀伞打下／瘟癀病疫引来临／幸亏金莲来护体／四方瘟疫不进身

白 子牙虽有杏黄旗金莲保护，又有云中子符印镇住瘟疫，瘟疫疾病不能靠近子牙。但阵内阴风习习，子牙不能移动，微闭二目，昏晕过去。上天注定百日之灾，大罗金仙也不能幸免。

唱 不说子牙困阵内／吕岳出阵笑哈哈／子牙阵内已死了／谁个敢来进阵角／哪吒听了心发火／妖道打胡来乱说／尖枪摆动当心刺／陈庚旁边来接着／杨戬舞刀冲上阵／三尖刀起劈吕岳／吕岳将剑来架住／穿云关前动干戈／韦护舞动降魔杵／金木二吒似穿梭／齐把吕岳来围住／喊杀声音震山河／哪吒又把法身现／三头八臂实凶恶／八只手内拿宝贝／陈庚一见心胆怯／乾坤圈子来祭起／落来打中敌心窝／陈庚一跤跌在地／忙借遁光来逃脱／几人围住吕岳战／这吕岳手忙脚乱莫奈何／无暇去摸列瘟印／身子四处来腾挪／杨戬放出哮天犬／神狗专门咬脑壳／脖颈上面咬一口／皮肉咬去一大撮／吕岳护痛喊哎哟／架起遁光就抽脚／二人府中来坐下／各人怀内取丹药／丹药服下止住痛／吕岳就对徐芳说／子牙困在吾阵内／叫他一死不能活／每日加把瘟癀伞／大罗金仙也难脱／不说穿云关内事／回文又把周营说

白 武王听说子牙已死于阵内，放声大哭。出来见云中子曰："老师！相父已死关中，如之奈何？"云中子曰："贤王放心，姜尚当有百日之灾，自然获救。说子牙已死，那是吕岳造谣，以乱军心。贤王与姜尚同困红砂阵中，不也是百日吗？"武王点头称是，说："但相父年迈，百日无食，不知怎能度过？"云中子曰："吉人自有天相，有吾玉虚符印镇住，诸毒不能侵害，也可百日不食，身体无碍。贤王请回后营安息去吧！"武王无奈，只好回转后营。

唱 不说穿云关前事／回文又表青峰山／青峰山上紫阳洞／道德真君养天颜／忽然心血往上涌／掐指一算知其然／吕岳摆下瘟癀阵／子牙遇难穿云关／开言便把杨任叫／你上前来听端的／此处非你久居地／吾想命你下仙山／一来去解子牙难／二来去报你仇冤／杨任双膝跪在地／尊声老师听我言／下山报仇日夜想／怎奈我是一文官／不会枪马与弓箭／报仇雪恨难上难／真君说吾赐你飞电枪一杆／运用自如非等闲／赐你一头云霞兽／千里往返一刻间／赐你七禽五火扇／一扇人马化灰烟／传你枪法三十路／练习两天便熟娴／杨任跪拜来领受／感谢恩师来成全／两天演习便熟练／真君说先到潼关把路拦／潼关拦路救四将／里应外合再取关／杨任领了师父令／拜辞师父出洞前／翻身跳上云霞兽／风驰电掣到潼关／看见一簇人和马／四辆囚车走在前／杨任拦路一声喊／来将留下买路钱／方忠义走马来看见／见一人横起把路拦／大骂强徒瞎了眼／老爷押的是叛官／要知杨任救四将／下章分解来说全

第七章　子牙潼关遇痘神　诸仙大会万仙阵

白 杨任最忌讳别人骂他瞎了双眼，听方忠义一骂，顿时火冒千丈，挺枪拍骑，直取方忠义。方忠义枪架相还，一场大战。

唱 这才是瞎子最怕人说瞎 / 麻子也怕人说麻 / 方忠义一口说瞎话 / 杨任哪能放过他 / 紫电枪使三十路 / 杀得忠义眼睛花 / 才要拨马去逃走 / 杨任扇子手中拿 / 师父赐我五火扇 / 今天正好试试它 / 对着忠义扇一下 / 方忠义连人带马化灰渣 / 撬开囚车扭断锁 / 一见飞虎说根芽 / 我是上大夫杨任 / 昏君将我两眼挖 / 道德真君来救下 / 青峰山上去学法 / 师父令我把山下 / 穿云关下救大家 / 你四人先找民房来住下 / 里应外合把贼拿 / 杨任说罢上了兽 / 扬鞭催动兽云霞 / 耳边只听风声响 / 百里路程一杯茶 / 来到营前把兽下 / 深打一拱把话拉 / 叫声列位不要怕 / 云中子老师知道咱 / 军士听了不怠慢 / 跑进中军说根芽 / 大人呀一人求见多儒雅 / 两只眼睛太复杂 / 云中子一听杨任到 / 叫他进帐来会咱

白 军士闻言，出外叫曰："老师叫你进去！"杨任大步走进中军，口称："师叔！弟子杨任有礼！"云中子曰："姜尚有百日之灾，还差三天。你稍事休息，准备破阵。"杨任闻言，退立两旁伺候。

唱 不言周营在准备 / 又表穿云关内人 / 李平一见困姜尚 / 苦口婆心劝同门 / 子牙伐纣顺天命 / 不该对他下下无情 / 吕岳说道兄你快回岛去 / 紧闭洞门诵黄庭 / 两家对阵命对命 / 不要你这菩萨心 / 不言他们在争论 / 又表周营悟道人 / 云中子一算灾星百日满 / 升帐便把令来行 / 杨任去破瘟癀阵 / 又命哪吒雷震两个人 / 你二人一见杨任破了阵 / 立刻飞身上穿云 / 杀散守关众军士 / 斩关落

锁开关门／我带大军随后进／今日一定把功成／三人领了师叔令／各自悄悄出了营／杨任跨上云霞兽／手提紫电枪一根／来到关下高声叫／吕岳快来受死刑／吕岳阵中在加伞／还有陈庚与李平／听得有人来叫阵／吕岳迈步出阵门／见一将斯文儒雅骑异兽／两眼长手手有睛／吕岳不敢来小视／末将通下姓和名／吾乃阐教门下一弟子／杨任就是我的名／奉命来破瘟癀阵／吕岳一听怒生嗔／提剑照着杨任砍／杨任枪架不沾身／一个枪来如闪电／一个剑去似流星／紫电枪使三十路／好像暴雨洒沙坑／杨任愈战愈有劲／吕岳久战少精神／虚晃一剑败进阵／上台就要把法行／也是上天安排定／走出李平与陈庚／杨任随后赶进阵／进阵恰好遇李平／杨任牢记师父令／走进先把扇来行／对着李平一扇子／李平立刻化灰尘／可怜李平心向善／误交道友命丧生／陈庚一见李平死／不由恶向胆边生／提剑照着杨任砍／杨任枪架两相争／陈庚说李平与你何仇恨／可怜他一心向善反丧生／杨任说兔死狐悲伤其类／九龙岛内无好人／陈庚急忙跑进阵／同着吕岳把伞撑／各拿九把瘟癀伞／要对杨任下绝情／杨任不敢掉轻心／五火扇子手中抡／对着法台扇几扇／万丈火焰能化金／陈庚吕岳成灰烬／化作南柯梦里人／杨任他忙把子牙来扶起／但见他二目紧闭脸如金／杨任背负出阵外／云中子率众到来临／葫芦内把丹药倒／用水调好送入唇／不消半盏茶时候／子牙揉目把眼睁

白　云中子见子牙醒转，高兴叫曰："恭喜子牙公！今日灾星已满，贫道交还兵符印行，告辞回山。"云中子说罢，借遁往终南山而去。子牙传令众军攻城。雷震子、哪吒见阵已破，二人飞身上了关门。守城军士见雷震子生的凶恶，一哄而散。雷震子一棍砸烂牛头大锁，哪吒打开关门，子牙领着大队人马进了穿云关。徐芳见关已破，提枪上马，往潼关而去。行不数里，正遇黄飞虎、洪锦、南宫适、徐盖四人，四人大喝一声，将徐芳围住。

唱　四人发喊来围住 / 围住徐芳在中间 / 飞虎大骂狗贼将 / 要想逃脱难上难 / 南宫提刀照头砍 / 飞虎抡枪刺胸前 / 一边气坏兄徐盖 / 骂声徐芳有今天 / 洪锦长枪分心刺 / 元宵走马灯一般 / 徐芳难敌四猛将 / 架枪挡刀两膀酸 / 飞虎枪法来施展 / 枪挑徐芳下雕鞍 / 灵魂不准别处去 / 封神台上走一番 / 要等太公封神榜 / 那时才能受香烟 / 四人斩了徐芳将 / 一同来到穿云关 / 子牙一见心欢喜 / 设宴庆贺在府前 / 众家军士齐犒赏 / 周营兵将人人欢 / 次日子牙传将令 / 大队人马往潼关 / 人马行了八十里 / 探马回头报事端 / 前面就是潼关地 / 子牙传令扎营盘 / 不说子牙安营事 / 又表军士报进关 / 叫声老爷不好了 / 子牙人马到关前

白　潼关守将余化龙闻报，召齐儿子商议对策。余化龙有五子，名曰达、兆、光、先、德，皆遇异人传授过法术。唯有最小儿子余德，仍在外学艺未回，其余四子，早已学成回关。听得父亲召唤，四子上堂参拜已毕，问曰："父亲宣我弟兄何事？"化龙曰："今周兵犯界，已兵临城下，要尔等尽心防范，勿生懈惰之心。"余达曰："子牙何能，这等惧怕。来日，看吾等斩将立功，显显余氏一门威风！"

唱　一夜晚景无话讲 / 次日太阳出东方 / 子牙便问手下将 / 哪位将军走一场 / 太鸾回言我愿往 / 末将愿去取关防 / 说罢告辞出营帐 / 翻身上马手提枪 / 一马来到战场上 / 大呼守关众儿郎 / 回府报与你主将 / 早早开关来投降 / 军士听得不敢慢 / 急忙禀报总兵房 / 外面有贼来讨战 / 要我们手拿白旗去投降 / 化龙便问谁出马 / 闪出长子跪殿旁 / 孩儿今日去出战 / 看他周将有多强 / 说罢提枪跳上马 / 放炮开关到战场

白　余达来到战场，太鸾问曰：“来将通名！”余达曰：“某乃守关总兵长子余达是也。你是何人，敢来犯我关界？”太鸾应曰：“某乃姜元帅麾下上将军太鸾是也。”余达曰：“你是原三山关守将邓九公手下太鸾么？”太鸾曰：“然也！然也！”余达曰：“反贼！伐西岐反降西岐，今日又反伐故土，不杀尽尔等，何能为投降变节者之戒！”说罢，拍马舞枪，直取太鸾。太鸾用枪架住，一场大战。

唱　话不投机半句多／潼关下面动干戈／一个枪来风刺耳／一个枪去梅花落／二人枪法都不错／半斤八两一样多／太鸾说小小潼关不难破／一石怎能堵大河／余达说大河大水你能过／只怕是小小泥塘要陷脚／看看斗有五十合／余达心中自琢磨／若不用宝难取胜／久战下去很难说／想罢拨马便败走／太鸾说要追你天涯与海角／说罢催马随后赶／余达一见喜心窝／右手摸出撞心杵／回手一杵喊声着／一杵打中太鸾脸／太鸾马上如滚坡／余达下马取首级／战场收兵一棒锣／进府来对父亲讲／杵打太鸾转城郭／余化龙闻言心内喜／功劳簿上把名落／不表潼关得胜事／周营败兵走如梭／进帐来对元帅讲／太鸾失机见阎罗／子牙听得太鸾死／紧锁眉头心不乐／苏护上帐打一拱／末将出阵看如何／子牙说老将军年届花甲过／只怕手脚不灵活／如果战场有差错／一世英名丢大河／苏护说任凭胡须霜染过／弓马娴熟怕什么／左拗右拗拗不过／子牙只得点脑壳／一骑飞来到阵上／守关军校听我说／快快报与你主将／叫发能将来会我／军士进府来禀报／尊声总兵请听着／有一老将来讨战／喊杀声音震山坡／闪出儿子名余兆／上帐对父把话说／孩儿今日去出阵／誓将老贼来活捉／化龙闻言心欢喜／余兆领令出城郭／一马来到战场上／指着老贼大声喝

白 余兆大叫曰："老将通名，你小爷不杀无名之辈。"苏护大怒骂曰："小儿！吾乃冀州侯苏护是也。"余兆听得，欠身答曰："苏老将军！苏娘娘受当今宠爱，你身为国戚，世受皇恩，应该替主分忧，为何还要降贼造反？"苏护曰："无知小儿！纣王无道，荒淫酒色，某已在朝歌城门写下永不朝商誓言。天下诸侯，共伐无道昏君，量你潼关弹丸之地，怎能抵抗天兵？若再执迷对抗，你父子的下场将与汜水关韩荣父子无异。"余兆听罢，大怒骂曰："苏护老贼！胆敢小视吾父子！今日拿你以正国法。"说罢提枪刺来，苏护枪架相还，一场大战。

唱 余兆青年气正刚 / 枪刺苏护逞豪强 / 苏护本是英雄将 / 数十年扬威在战场 / 海骝马对云鹤马 / 丈八枪对蛇矛枪 / 自古战场无老少 / 强者生存弱者亡 / 苏护戎马数十载 / 枪似金鸡拣米忙 / 余兆难抵年迈将 / 燥辣还得算老姜 / 看看斗有三十合 / 余兆败阵走忙忙 / 苏护催骑随后赶 / 要擒小贼进营房 / 余兆把旗拿在手 / 将旗插在地中央 / 只见一道黄光冒 / 不知余化在何方 / 苏护扭头四处找 / 未曾看见小儿郎 / 只听身后銮铃响 / 苏护扭头看端详 / 头方扭转未看见 / 余兆举手就一枪 / 可怜花甲一老将 / 未受皇封一命亡 / 余兆一见全得胜 / 鸣锣收兵转关防 / 不说余兆得胜事 / 败军回营说端详 / 叫声元帅不好了 / 苏护老将丧沙场 / 子牙闻报心悲痛 / 苏全忠大放悲声泪两行 / 杀父之仇天不共 / 灭他余氏一满堂 / 次日全忠忙披挂 / 白袍白铠白银枪 / 上帐来对元帅讲 / 要报父仇上战场 / 子牙只得将头点 / 全忠上马出营房 / 一马冲来到阵上 / 乱骂守关众儿郎 / 回去对那余兆讲 / 叫他来受小爷枪 / 军士听得进府禀 / 尊声老爷听端详 / 城外来了一小将 / 化龙闻报叫余光 / 出城去把小贼会 / 余光领令出城防 / 来到战场用目望 / 见一将连人带马似雪霜 / 全忠说你可是余兆小贼将 / 余光说咱不是余兆是余光

白　全忠怒曰："你不是余兆，饶你不死，快叫小贼出来会我。"余光大怒骂曰："小贼！吾兄昨天杀了苏护老贼，今天令我来杀其子，成全你父子上路有伴。"全忠闻言，火冒三丈，更不答话，举枪分心便刺。余光画戟招架相还，一场大战。

唱　二将战场恨难消 / 长枪摆动刺眉梢 / 一个要想把仇报 / 一个要想立功劳 / 余光说你身为国舅多荣耀 / 为何不思报当朝 / 全忠说纣王荒淫行无道 / 杀妻灭子罪难饶 / 画戟使动龙戏宝 / 银枪舞动大雪飘 / 二人战有数十合 / 余光难抵小英豪 / 虚晃一枪拨马走 / 全忠大喝哪里逃 / 扬鞭催马随后赶 / 余光回头冷眼瞧 / 五只飞镖拿在手 / 勒马回头就一镖 / 一镖打在左腿上 / 全忠带镖往回逃 / 余光也不去追赶 / 得胜鼓打咚咚敲 / 余光得胜且不表 / 全忠败阵泪双抛 / 只说为父把仇报 / 谁知战场反受镖 / 进帐来对元帅讲 / 不报此仇恨难消

白　子牙听苏全忠说罢，传令大小将官："今日关下会战，务要小心。"说罢，带领众将冲出营来。来到关下高叫曰："请守关主将答话。"军士听得，报进帅府："启禀老爷！姜尚亲到关下讨战。"余化龙闻报，率领四子，冲下关来。来到战场大喝曰："姜尚！不守臣节，犯上作乱，罪该万死！"子牙曰："余总兵！纣王无道，八百诸侯已反朝歌，即将大会孟津。量你一小小潼关，怎能阻挡六十万大兵！"余化龙闻言，心中大怒，回顾左右："谁与吾拿下姜尚！"余达闻言，纵马舞刀，直杀过来。苏全忠将枪接住，一场厮杀。

唱　全忠摇枪催战马 / 敌住余达大厮杀 / 一个银枪如雨点 / 一个快刀斩乱麻 / 一个仇深恨又大 / 枪如星斗闹月华 / 余达刀似风摆柳 / 两人武艺都不差 / 余

光催马来助战／武吉接住大厮杀／余光画戟刺上下／武吉长枪起浪花／余兆一见难取胜／站在一旁咬钢牙／大吼一声冲上阵／飞虎长枪接住他／余兆说不擒反贼不算勇／飞虎说小儿休要把口夸／两边军士将鼓打／战马如飞起尘沙／余化龙一见将对将／大刀一摆取子牙／哪吒尖枪来接住／好比凶神对恶煞／不表这里来争斗／又表全忠战余达／两人斗上五十合／杀得余达汗巴巴／小贼全忠果骁勇／又有一套好枪法／若不使宝难取胜／犹恐失机反被拿／想罢拨马便败走／全忠一见笑哈哈／上天要追到灵霄殿／入地要追到阎罗家／扬鞭催马随后赶／这余达撞心杵儿手内拿／回手一杵来打下／全忠落马地下趴／余达回马提枪刺／雷震子飞来一棍打余达／余达提枪忙招架／众军士救起全忠就开拔／雷震子棍沉力量大／余达枪架两手麻

白 两家正战得难分难解之时，杨戬解粮来到营前，驻足观看，自思道：我何不助他一臂之力。乃暗暗将哮天犬放出，神犬在余化龙脖子上狠咬一口。余化龙大叫一声，败阵而逃。哪吒将乾坤圈祭起，正中余兆肩膀，余兆哎哟一声，败进关内去了。余达、余光见父兄失利，虚晃一刀，也败回关内。子牙一见得胜，鸣金收兵。

唱 不表子牙收兵转／又把潼关表一番／父子受伤在调养／军士进来把话传／恭喜老爷大喜事／五公子余德转回还／化龙闻听传进帐／余德进帐问父安／又只见父亲在喊脖颈痛／二哥肩臂抬手难／余德曰父亲中的哮天犬／二哥中的乾坤圈／忙将丹药服下去／疼痛全消好还原／次日余德把父见／待儿报仇去申冤／身穿道服拿宝剑／多耳麻鞋脚下穿／大步来到周营外／大叫子牙来会俺／军士听得不敢慢／跑进中军把话传／有一道童来讨战／要见元帅把言传／子牙听罢忙传

令 / 左右门人快排班 / 一齐出营去见阵 / 看这道童有何言 / 一直来到战场上 / 见道童十七八岁正少年

白　子牙见道童年幼，催四不像上前问曰：“道童从哪里来？”余德答曰：“吾乃潼关守将余化龙第五子余德是也。昨日吾父兄被哮天犬、乾坤圈所伤，今日特来报仇。既是道门中人，各凭胸中所学决一胜负。”杨戬见道童一团邪气裹住，想是旁门左道之徒，从旁大喝曰：“道童休要逞能，吾与你比个高低。”说罢，纵马舞枪，直取余德。余德将剑架住，一场大战。

唱　杨戬走马刀如飞 / 三尖两刃取余德 / 余德迈开连环步 / 太阿宝剑两相回 / 一个八九玄功妙 / 一个胸里藏玄机 / 哪吒蹬轮来助战 / 火尖枪起浪花飞 / 现出三头与八臂 / 八只臂膀上下挥 / 余德一见微微笑 / 这些法相能吓谁 / 金木二吒也上阵 / 李靖催马使画戟 / 大喊一声来围住 / 拿住妖道要剥皮 / 余德纵然有宝贝 / 哪有空闲一时刻 / 杨戬慧眼看仔细 / 见余德股股妖气透重围 / 忙将弹弓取在手 / 两粒金丸快如飞 / 一颗打中余德背 / 一颗打中他头皮 / 余德喊痛借土遁 / 逃回关中去调息 / 忙将丹药吞腹内 / 一时三刻就痊愈 / 暗暗咬牙切齿恨 / 定报此仇把气提 / 叫你死无葬身地 / 走脱一个我不依 / 不说余德在调理 / 回文又把周营提 / 杨戬说余德一身是妖气 / 恐用妖术要警惕 / 子牙说吾师曾对我说过 / 谨防达兆光先德 / 潼关余氏五兄弟 / 名字正好对得齐 / 不说子牙心忧虑 / 又表潼关小余德

白　当天晚上，余德与四位兄长商议曰：“今晚夜黑无光，四位兄长快沐浴身体，随我往周营去来。”四人不知啥意，只得依言，洗澡更衣。天交四鼓，余德取出五色云帕，叫四位兄长各站一块，待他作法。到周营上空，余德叫四人将斗内所装瘟病种苗，向周营各处泼洒，营内营外洒完，五人驾云帕回转潼关。余德曰：“此为瘟痘苗，七日之内，周营人等，俱各发烧出疹痘，四肢无力，无药可救，必死无疑。”余达曰：“三日后我等杀入周营，将他们个个杀死，岂不痛快！”余德曰：“七日后，周营将士全都死亡，何劳我等费心。”

唱 不说余德放瘟病／又把周营明一明／武王子牙众人等／人人发烧不安宁／茶不思来饭不想／四肢无力眼懒睁／只有哪吒与杨戬／二人瘟痘不沾身／哪吒便对杨戬论／这事如何了得成／若是贼兵来讨战／不是白白等死神／杨戬说你可紧守大营地／待吾上山问师尊／二人正在来议论／黄龙真人到来临／杨戬说师伯呀师叔中了毒瘟症／周身发热眼难睁／我与哪吒未感染／病倒六十三万人／真人说你师即刻就来到／我们商议再施行／话犹未了玉鼎到／杨戬上前拜师尊／玉鼎真人开言道／我亲到潼关看得清／余德毒痘洒五斗／周营人马病非轻／你速前往火云洞／求见伏羲二圣人／杨戬领了师叔令／驾起遁光往火云／耳边只听风声响／火云洞在面前存／只见那青松翠柏多雅静／异草奇花色色新／此是仙家来往处／凡人哪能到此行／杨戬正观山中景／见一童子出洞门／杨戬说烦你去把老师禀／杨戬求见在洞门／伏羲说既然有事令他进／进来杨戬拜在尘／伏羲说武王子牙有此难／难星一满自安宁／神农取出丹三颗／去救六十三万人

白 神农说道：“杨戬！你将此三丹拿去，一颗救武王，一颗救姜尚，将一颗溶化在营内四周泼洒，毒气自消。”杨戬拜领丹药，又奏曰：“老爷！若此毒留传后世，何药可救？”神农曰：“杨戬！你随我来。”走到紫云岩前，神农扯一草与杨戬曰：“你往人间传授此药，可救济世人。”杨戬跪拜问曰：“此草何名？”神农曰：“你听我道来。”

“紫秆黄根八瓣花，表热药物叫升麻。后人若知其中妙，煎汤饮之毒不发。”杨戬拜谢，辞别神农，借遁往潼关而来。

唱　杨戬借遁往潼关／救人性命不迟延／按落遁光到营外／进帐来把师尊参／圣人赐药说一遍／怀内取出三颗丹／黄龙说你我三人分头干／一举三事都办完／黄龙去把武王救／玉鼎药送子牙餐／杨戬将药来溶化／营内营外全洒完／瘟毒之气即刻散／将士们身体恢复像从前／人人咬牙并切齿／巴不得今天就去打潼关／不说周营人好转／又表那余氏父子在潼关／天天饮酒来等待／只等周兵死绝完／洒痘过了八天整／军士进关报事端／周营旗幡又招展／处处又在冒炊烟／余德闻言说不信／待咱亲到城楼观／弟兄来到城楼上／见周营人有精神马又欢／余达出言来埋怨／余德说后悔未曾听兄言／看来他们未全好／身体虚弱未复原／今日领兵去交战／斩尽杀绝才回还／言罢父子领人马／炮响三声出潼关／周营听见关内炮声响／子牙率众出营前／双方阵上来相遇／恶战虎穴与龙潭／韦护找着余达战／哪吒尖枪战余光／金木二吒发生喊／抵住余光战一边／余德杀来遇杨戬／仇人相见火更燃／余化龙来找子牙战／李靖接住战犹酣／雷震子展开风雷翅／双翅一展飞半天／照着余光头顶打／打得他脑浆迸出丧黄泉／杨任取出五火扇／扇了余兆扇余先／他二人身化灰飞人不见／封神台上走一番／子牙忙把神鞭祭／落来打中余德肩／余德一跤倒在地／杨戬一刀命算完／哪吒蹬轮助韦护／小余达乾坤圈下丧黄泉／余化龙一见五子死／老泪纵横喊皇天／鞍桥上面拔宝剑／自刎人头落雕鞍／雷震子飞上城楼上／杀散守城众兵官／大开关门放人进／子牙人马进潼关／走进帅府来坐下／清点府库与粮钱／黄龙真人开言道／万仙阵摆在面前／派人去把芦篷建／迎接师尊与众仙／子牙闻言叫杨戬／去建芦篷莫迟延／杨戬建篷且不表／又把通天教主言

白　通天教主自界牌关诛仙阵被破，恼恨老君、元始、接引、准提、武王、子牙六人，将六人名讳生辰书于幡上，每日拜念，摇动此幡，可夺去六人性命。数月后，幡已炼成，乃对长耳定光仙曰：“你掌握此幡，能夺去六人性命。”定光仙领旨，将幡带往潼关而去。教主又对金灵圣母曰：“你带诸路门人前往潼关空阔之地，按吾所绘之图，摆下万仙大阵，阻住子牙东进之路。”金灵圣母领旨，带领截教数百门人，前往潼关摆阵而去。

唱　金灵圣母领法旨／带领截教众门人／潼关外面去摆阵／冷风嗖嗖杀气生／先摆太极两仪阵／四象八卦定乾坤／千人隐藏万仙阵／等待阐教众门人／阐教门人把阵进／齐放宝物伤他们／不说金灵摆恶阵／又表阐教众仙们／广成子与赤精子／文殊普贤太乙尊／清虚道与云中子／玄都法师惧留孙／道行天尊慈航道／又来陆压与燃灯／大家同往芦篷上／黄龙开言把话云／吾等会完万仙阵／不在人间染红尘／修行一千五百载／如今方才大道成／慈航说既然来破阵／何不下篷看分明／众人齐说言有理／一齐移步到阵门／众人只顾来看阵／阵中一棒钟鼓鸣／一人作歌出阵外／原是马遂老道人

歌曰：“人笑马遂是痴仙，痴仙腹内有真玄。真玄有路无人走，唯我蟠桃赴几千。”

白　马遂歌罢，仗剑走出阵来。黄龙真人上前大喝曰：“马遂！休要逞能，待尔等阵势摆完，吾等自来破阵。”马遂大怒骂曰：“黄龙！你有何能，敢口出大言。今日你来得去不得了！”说罢，仗剑直取黄龙真人。真人剑架相还，一场争斗。

唱　马遂仗剑来得凶／举剑便砍老黄龙／黄龙真人将剑架／万仙阵前论雌雄／这一个修炼磨砺飞龙洞／这一个学法勤苦碧游宫／往来冲突七八合／马遂金箍飞半空／落来套在黄龙项／愈箍愈紧不会松／黄龙真人借遁走／按落遁光到芦篷／燃灯即对众人讲／我们暂且转芦篷／众人都回芦篷去／马遂得意笑融融／人说玉虚门下勇／今天看来也平庸／马遂正在得意处／来了南极老仙翁／马遂升空来拦路／南极一见气填胸／举起三宝玉如意／打落马遂在阵中／仙翁芦篷传旨意／快接师尊到芦篷／老君元始一同到／众人跪地拜圣容／黄龙真人喊头痛／老君手指金箍松／元始说明日大家同见阵／完了此劫登九重／说话之间天色晚／二圣人头上庆云照半空

白　金灵圣母正在万仙阵中布置，抬头看见芦篷上三花聚顶，五气朝元，珞璎垂珠，庆云缭绕，知是二位教主到来，即将信香点燃。不一时，空中奎牛声叫，知是师尊到了，即率领众门人迎接老师圣驾。教主下牛走进阵来，金灵圣母曰："老师！道阐两教掌教到了。"教主曰："将阵现出，以显我教威风。"金灵圣母发一声雷，震出万仙阵来。

但见得好阵："无极生太极，太极生两仪，两仪生四象，四象生八卦，八卦定乾坤。五岳门人齐聚会，阴风扑面杀气生。"

教主令长耳定光仙前往芦篷下书。定光仙领旨，往芦篷而来。见两位师伯慈眉善目，心下好生尊敬！跪在地上，将书呈上。老君接过，随即批上：来日破阵。定光仙接过批条，回转万仙阵中，将回文交与老师。教主看毕，随调二十八宿、九曜星官及诸位弟子，明日与道阐两教决一雌雄。欲知后事，请看下章。

第八章　三教化解冤仇恨　子牙兵取临潼关

唱 一晚夜景难言尽/次日东方天又明/老君元始二教主/率领教内众门人/一齐来看万仙阵/只见阵内杀气腾/老君看罢摇头叹/名利二字害死人/只因红尘心未退/封神榜上均有名/可怜修炼千年整/一时三刻化灰尘/只听阵内雷声响/教主跨牛出阵门/带领徒众三千整/尽是四海凶煞神/教主牛上开言论/二位道兄听我云/不必阵前斗口嘴/敢破我阵方显能/说罢袍袖只一展/现出一阵玄妙深/教主得意大声问/二位可知此阵名/老君说此乃太极两仪四象阵/元始说待我剖析给你听

歌曰："混元初判道为尊，炼就乾坤清浊分。太极两仪四象阵，如今还在掌中存。"

白 元始歌罢，问左右曰："哪位弟子去破太极阵？"赤精子曰："弟子愿往。"手提宝剑，作歌而出。

歌曰："今朝圆满斩三尸，复整菩提在此时。太极阵内遇奇士，回头百事自然知。"

白 赤精子歌罢，只听太极阵中一声巨响，一道人黑脸黑袍，提剑跳跃而出，大呼曰："赤精子！少要逞能，吾来也。"说罢，仗剑直取赤精子。赤精子将剑架住，一场拼斗。

唱 太极阵中乌云仙/宝剑舞动步连环/赤精挥动太阿剑/二人大战在阵前/一个玉虚学玄妙/一个碧游炼真元/这乌云本是金鳌修成道/团团黑气把身缠/赤精子伸手去摸阴阳镜/乌云仙混元锤起在半天/闪电一般来打下/赤精子中了一锤跌阵前/乌云提剑就来砍/广成子剑架两相还/乌云一见广成子/想起碧游事一端/恶狠狠宝剑照着广成砍/广成子大喝乌云少逞蛮/看看斗上三五

合 / 乌云下手抢在前 / 又把混元锤祭起 / 落将下来非等闲 / 一锤打倒广成子 / 广成子翻身爬起逃往南 / 通天教主下令赶 / 捉拿广成到此间 / 乌云得令不敢慢 / 大步流星追上前 / 看看正要来赶上 / 准提道人把路拦 / 乌云认得准提道 / 一时仇恨上心间 / 加杵曾打吾师父 / 不杀老道心不甘 / 仗剑对着准提砍 / 道人吐气化青莲 / 莲花托住乌云剑 / 准提笑对乌云言 / 舌上青莲能托剑 / 你与西方算有缘 / 乌云气愤又一剑 / 准提手指化一莲 / 莲花又挡乌云剑 / 乌云恼羞怒冲冠 / 又把混元锤祭起 / 落来要打准提仙 / 准提拂尘只一抖 / 混元锤落地中间 / 准提手拿一竹子 / 鱼钩鱼线样样全 / 抛来钩住乌云脸 / 光华罩住逃脱难 / 准提说道友还不快将原形现 / 乌云仙现出鳌鱼一丈三 / 准提便把童儿喊 / 骑此金鳌往西边

白　准提收了乌云仙，带领广成子往万仙阵而来。通天教主一见准提，想起在诛仙阵中，挨了准提一加杵，被打下奎牛，险些丧命，大怒骂曰：“准提！吾与你决一雌雄。”正要催骑来斗准提，只听太极阵中，又有一道人大叫曰：“杀鸡焉用牛刀，老师且退，待吾来擒此泼道。”教主掉头一见，虬首仙作歌而出。

歌曰：“妙妙妙中妙，玄玄玄更玄。谁能参悟道，咫尺见先天。”

白　虬首仙歌罢大呼曰：“谁人敢进吾阵？”准提道人曰：“文殊广法天尊！借你去会这有缘之客。”将手一指，文殊泥丸宫顿开，三光迸出。元始将盘古幡递与文殊曰：“此幡可破太极阵。”文殊接幡在手，作歌而出。

歌曰：“混元一气此为先，万劫修持合太玄。莫道此中多变化，汞铅消尽福无边。”

白　虬首仙认得是文殊广法天尊，大怒曰：“文殊！你有何道何能，敢来会我太极阵？”文殊曰：“道友不守清规，是吾辈犯戒之时。”虬首仙大怒，仗剑来取。文殊将剑架住，一场大战。

唱 虬首挥剑取文殊 / 文殊剑架口念佛 / 也是神仙犯杀戒 / 惹动披毛带角兽 / 文殊剑来生紫雾 / 虬首剑去不含糊 / 方才斗有三五合 / 虬首上台举兵符 / 兵符一举阵门闭 / 犹如铜墙与铁箍 / 四方八面阴风起 / 霎时之间人昏惚 / 文殊盘古幡展动 / 四面风平静如初 / 又把泥丸宫一抖 / 现个法身一万六 / 赤发红须头如斗 / 莲花朵朵托双足 / 全身庆云来维护 / 吓得虬首瞪双目 / 文殊捆妖索祭起 / 黄巾力士听令符 / 快将虬首来拿住 / 拿到芦篷听传呼 / 黄巾力士领法旨 / 捆绑虬首出阵图 / 文殊法身来收了 / 大步流星把阵出

白 南极仙翁领元始法旨，将三宝如意在虬首仙颈上一拍，喝声："孽畜！还不快现出原形，更待何时？"虬首无奈，就地一滚，原是一只青毛狮子。元始令在项下挂一牌，书上虬首名讳，赐予文殊为坐骑。老君笑对通天曰："你门下畜兽何其多也！"通天大怒，催奎牛正要交锋，只听两仪阵内灵牙仙作歌而来。

歌曰："混元一出有太极，太极演化出两仪。袖里乾坤分上下，两仪阵内分高低。"

白 灵牙仙歌罢，大呼曰："谁敢进我两仪阵？"元始令普贤真人："你领太极符令破阵走一遭。"普贤领旨，走到阵前大喝："灵牙仙！不守本分，霎时叫你现出原形，枉自你千年修炼一番。"灵牙仙大怒，仗剑来取普贤。普贤将剑架住，一场争斗。

唱 灵牙心中怒火燃 / 手提宝剑砍普贤 / 普贤真人将剑架 / 二人大战在阵前 / 一个白象修成道 / 一个将来列仙班 / 剑来剑架叮当响 / 剑去剑迎冒火烟 / 往来战有三五合 / 灵牙大步阵里钻 / 忙将两仪阵发动 / 铜墙铁壁似一般 / 四面飞来

连珠箭／神仙进阵也要完／普贤忙把法身现／太极符令拿手间／符令阵住两仪阵／现出法相三丈三／头上庆云来护顶／浑身上下护金莲／普贤祭起长虹索／抛来捆住灵牙仙／随把黄巾力士令／将灵牙拿回芦篷听师传／普贤破了两仪阵／收了法相转回还／南极仙翁领法旨／如意去拍灵牙仙／灵牙就地打一滚／现出白象在面前

白　元始令在白象项下挂上一牌，书上灵牙仙名字，将白象赐予普贤为坐骑。老君笑对通天教主曰：“两仪阵原是一头白象把守，通天你还有何说？”通天尚未答言，只听得四象阵中金光仙大呼曰：“阐教门人休要逞强，吾来也！”

歌曰：“妙法广无边，道术岂多言。谁人来会我，方是大罗仙。”

白　金光仙歌罢，仗剑走出阵来，大呼曰：“阐教门下，谁敢进我四象阵？”元始将如意递给慈航曰：“你执定如意，去破四象阵。慈航领令，掌定如意，作歌而来。”

歌曰：“普陀岩下有名声，了却归根返玉京。今日已完收四象，梦魂犹自怕临兵。”

白　慈航歌罢，来到阵前，叫声：“金光仙！千年修炼非易，为何不自我爱惜？”金光仙大怒骂曰：“慈航！你休要自夸，看吾宝剑锋利否？”说罢，仗剑来取。慈航剑架相迎，一场大战。

唱　金光怒火满胸腔／仗剑飞来取慈航／慈航将剑来架住／万仙阵前论短长／这一个普陀山上学玄妙／这一个紫芝岩前炼岐黄／慈航开言骂孽障／逆天而行惹祸殃／金光说你休夸口／四象阵内见真章／虚晃一剑走进阵／走上法台等慈航／慈航急忙现法相／头顶庆云放三光／现出巨人高数丈／金莲万朵护身旁／足

登金莲走进阵／金光仙一见着了忙／随手一发雷声响／四象阵内如铁墙／阴风惨惨从空降／昏昏沉沉日无光／慈航摇动玉如意／四象阵内现日光／霎时风平浪又静／慈航走进阵中央

白　慈航用三宝玉如意镇住四象阵，令黄巾力士将金光仙拿往芦篷听老师发落。黄巾力士领令，将玉如意对着金光仙一晃，金光仙缩作一团。黄巾力士将金光仙拿往芦篷而去。来到芦篷之下，元始令南极仙翁将金光仙打变原形。南极仙翁领了法旨，用玉如意在金光仙头上一按，金光仙就地一滚，现出原形，是一只金毛搅。南极在其项上挂上一牌，写上金光仙名字，元始赐予慈航作为坐骑。太极、两仪、四象三阵已破，文殊、普贤、慈航各骑上青狮、白象、金毛搅列于阵前。通天教主面红过耳，催奎牛上前，正要与元始争斗，忽听后面一人大叫曰："老师退后，待吾为三位师弟报仇！"通天一看，原是龟灵圣母仗剑冲过来，要拿广成子报仇。惧留孙大喝曰："龟灵！休得无礼！"提剑阻住龟灵去路。龟灵大怒，手提宝剑向惧留孙砍来，惧留孙将剑架住，一场大战。

唱　龟灵圣母喝一声／剑砍惧留发雌威／留孙宝剑来架住／二人阵前争高低／龟灵要报往日恨／每剑使尽全身力／留孙说你千年修来不容易／恐怕今日自作孽／龟灵说你今天做个替死鬼／拿住一个也安逸／看看斗上三五合／龟灵心中暗思维／我教三阵丢尽底／拿他一个挣脸皮／日月珠子来祭起／只见空中起霞辉／留孙不识此宝贝／急忙大步逃往西／通天教主发号令／追去拿住惧留孙／龟灵圣母领法旨／大步流星往后追／追追赶赶来得快／不觉追到乱石堆／见一道人石上站／双手合十念慈悲／龟灵用目看仔细／认得西方老道贼

白　龟灵圣母大怒骂曰："西方接引！你是西方清净之客，为何三番两次到东土惹是生非？"接引笑曰："龟灵！千年修为不易，我劝你回转灵山，闭目修炼，才是正理。如若不然，恐坠轮回，后悔晚矣！"龟灵闻言，心中火起，提剑直取道人。西方接引手无寸铁，将手一指，一道白光，托住龟灵宝剑。龟灵圣母不知进退，祭起日月珠来打西方接引。接引用手又一指，指上生一青莲，托住日月珠。接引叹曰："天命如此，吾岂能违之？"乃将项上念珠抛起，如电闪一般打来，将龟灵圣母压在地下，显现原形，乃一只大雌乌龟。接引命白莲童子，将此龟带回西方不表。

唱　接引收了龟灵圣／偕同惧留到阵来／通天教主一看见／无名怒火烧胸怀／接引已把龟灵坏／结仇西方难解开／急忙拨牛冲过界／提剑照着接引来／接引把头只一摆／头上泥丸宫大开／三颗舍利上下甩／教主宝剑不能挨／通天教主心气坏／祭起鱼鼓打下来／准提用手只一指／指上长出莲花来／莲托花鱼鼓不能下／教主怒气挂满腮／正在骑虎背难下／太上老君把口开／今日已经分高矮／万仙阵内再显才／不如双方且罢手／明日我们又再来／忽听金钟玉磬响／四位教主上篷来

白　四位教主回转芦篷坐下，准提曰："我看万仙阵中诸人，邪者多而正者少，有缘者我们渡回西方，无缘者乃封神榜上有名之人。"老君令姜尚将诛仙阵中四口宝剑取来，令赤精子、广成子、玉鼎真人、道行天尊四人，各拿一剑，明日进阵，将此四剑放出，诛杀他门下作恶之人。四人领旨去了。元始对子牙曰："明日破阵，完成劫数。凡我门下大小弟子，皆可进阵。截教门下，作恶者尽可除之，但不可滥杀无辜。"众门人听了，个个欢喜不已。龙吉公主对洪锦曰：

“我夫妻虽非阐教门下，也是修炼之人，明日破万仙阵，当协助阐教众人，共诛邪恶之人。”

唱 不说夫妻商议定 / 次日东方太阳明 / 通天教主来下令 / 金灵圣母守中军 / 二十八宿分四路 / 层层密密杀气生 / 又叫长耳来嘱咐 / 你掌六魂幡一根 / 只等他们一进阵 / 摇动幡儿夺他魂 / 各处散仙一万整 / 四处埋伏等来人 / 成败就在这一举 / 万余弟子各小心 / 教主骑牛出了阵 / 毗芦金箍随后跟 / 四位教主齐来到 / 十二弟子随后行 / 元始说通天贤弟先进阵 / 我们随后到来临 / 教主拨牛才要转 / 冲来洪锦与龙吉 / 夫妻冲进万仙阵 / 乱杀乱砍扰阵门 / 龙吉祭起白虹剑 / 斩了不少截教人 / 一直杀到中央去 / 金灵圣母到来临 / 龙吉提剑砍圣母 / 金灵剑架两相争 / 一个天上瑶池女 / 一个万仙布阵人 / 圣母说你是瑶池王母女 / 何苦下凡惹红尘 / 龙吉说你截教逆天助殷纣 / 阻碍子牙把周兴 / 洪锦催骑来助战 / 夫妇双双战金灵 / 金灵圣母心大怒 / 如意宝塔往上升 / 落来打中龙吉顶 / 公主一命赴幽冥 / 可怜金枝玉叶女 / 封神榜上也有名 / 洪锦一见公主死 / 奋不顾身来相争 / 金灵祭起龙虎玉 / 落来打中洪锦身 / 翻身落下高头马 / 三魂杳杳归了阴 / 金灵圣母才要走 / 阐教众人进阵门 / 文殊普贤慈航道 / 围住金灵在中心 / 广成子与赤精子 / 玉鼎真人与道行 / 四人祭起四口剑 / 其人之道还其身 / 也是众仙遭劫难 / 截教死了几千人 / 陆压道人飞进阵 / 斩仙刀儿往空升 / 专斩披毛带角类 / 也斩妖精修成人 / 首先斩的是邱引 / 血流成河腥难闻 / 金灵难敌三大士 / 伸手去摸宝和珍 / 四象塔儿来祭起 / 起在空中放光明 / 老君元始进了阵 / 准提接引也来临 / 老君袍袖只一展 / 宝塔落在袖中存 / 燃灯定海珠祭起 / 打中金灵脑顶门 / 可怜截教二弟子 / 化作黄泉一鬼魂 / 通天教主重重怒 / 长耳定光喊几声 / 快将六魂幡摇动 / 夺去老君六人魂 / 连喊数声无人应 / 长耳走得无影形

白　长耳定光仙见接引白莲裹体，老君、元始仙风道骨，而截教门下多是畜类修成，就连本人也是只野兔。想到邪不胜正，不如投奔西方极乐世界，摆脱红尘苦恼。想罢，抱起六魂幡，往芦篷奔跑而去。在芦篷下等待众仙破阵回来不表。

唱　教主不见长耳应／心知他已走无形／又见阵门已被破／急得心内如火焚／忙将紫电锤祭起／老君一见笑吟吟／头上现出玲珑塔／电锤不能靠近身／通天剑往准提砍／老准提七宝妙树往上迎／七宝妙树只一刷／教主剑落地尘埃／太上老君举扁拐／元始如意打来临／教主一见事不好／急忙借遁去逃生／接引展开乾坤袋／收了三千有缘人／众仙破了万仙阵／玉磬一响转回程／回到芦篷来坐下／长耳双膝跪在尘／六魂幡儿来呈上／请求师伯定罪名／元始说只要你能知邪正／弃暗投明是正经／接引说他与西方有缘分／带回西方听讲经／众人正在来议论／哪吒上篷报事因／教主陪着一老道／已到芦篷下面存／老君说那是吾辈老师到／赶快下篷迎师尊／众弟子下篷跪在地／愿老师圣寿无疆万万春／准提道人与接引／也下篷来躬身迎／鸿钧来到芦篷上／叫声众人且平身／开言便把通天叫／你上前来听分明／只因你名利二字未退尽／听徒怂恿动无名／连摆两阵害人命／滥收门徒起祸星／也是上天来注定／封神榜上自有名／你三人各服药一颗／从今以后定凡心／要是谁心起杂念／肚内起火身自焚／三人接药吞下肚／老鸿钧一阵清风不见形／老君笑对通天讲／从此后你我道门弟兄称／接引准提深打躬／恭喜三教一根藤／元始便叫众弟子／劫数已完各回程／从此不染红尘事／紧闭洞门诵黄庭／他日位列仙班府／大家相会在天庭／说罢各自回洞府／只剩子牙与门人／众仙回山且不表／又表元始回玉京／远远看见申公豹／跨虎冲冲往前行／元始取出玉如意／往空一抛如飞腾／一下套住申公豹／摔下黑虎落尘

埃／便把黄巾力士令／拿他到麒麟岩前听处分／黄巾力士领了令／拿起申公到麒麟／元始下了沉香辇／大骂申公叛师门／你曾发誓塞北海／须知今日犯咒神

白　元始令黄巾力士将申公豹拿往北海，塞住北海眼。申公豹违反天意，撮反若干人，而今塞北海而死。元始驾返玉虚不提。

唱　不表元始玉虚转／回文又把子牙言／送别师门众道友／从此不能见是师颜／回转潼关进帅府／开言便把军令传／大兵屯扎多日久／如今兵发临潼关／人马行了八十里／临潼关下扎营盘／探马听见人马到／跑进帅府报事端／周营大队人马到／如今扎在关下边／欧阳淳一听探马报／传齐守城众将官／众将听得聚将鼓／一齐来到帅府前／行礼已毕分左右／欧阳升帐便开言／姜尚领兵六十万／东进五关已破四关／只剩我临潼关一座／防守事大非等闲／众位将军小心守／待吾修书把兵搬／一面修书朝歌去／一面守城把兵添／不表临潼来防范／回文又把周营谈／次日子牙升军帐／便问帐下众将官／哪位将军去出战／扬我军威临潼关／旁边走出黄飞虎／末将不才愿取关／子牙闻言将头点／飞虎提枪出营盘／一骑来到关下面／守城军士听吾言／快快报与你主帅／选派能将来会俺／军士听得不怠慢／跑进帅府报事端／城外有贼来讨战／请老爷选派能将会贼蛮

白　欧阳淳闻报，便问左右："哪位将军出城会战？"旁边闪过卞金龙曰："末将愿往。"欧阳淳曰："卞将军出战，务要小心。"卞金龙曰："不劳元帅吩咐，末将留心便了。"说罢，提斧上马，冲下关来。来到战场，见是武成王黄飞虎，卞金龙大怒骂曰："黄飞虎！你乃反叛之人，何颜再来出马？"飞虎曰："卞金龙！你不知天时，纣王无道，天下尽反，五关已破四关，不久将杀往朝歌，擒拿昏君问罪。你敢阻天兵，是自取灭亡之祸。"金龙闻言大怒，纵马摇斧来取飞虎，飞虎将枪架住，一场大战。

唱 金龙阵前气昂昂／提斧来取武成王／飞虎长枪来架住／牛马相交斧对枪／一个马上称上将／一个武艺本高强／开山大斧掀波浪／虎头长枪龙游江／金龙马上暗思想／果然好个武成王／黄家枪法人夸奖／今日一见果然强／飞虎愈战愈骁勇／犹如猛虎下山冈／一枪刺在咽喉上／金龙一命见阎王／飞虎打起得胜鼓／鸣锣收转众儿郎／进帐来对元帅讲／枪挑金龙一命亡／子牙闻言心大喜／功劳簿上把名扬／不说周营得胜事／又表败军进关防／进府来对元帅讲／先行丧命在疆场／卞吉听得父亲死／捶胸顿足泪汪汪／上帐来对元帅讲／要报父仇上战场／欧阳淳开言来安慰／小将你且听端详／周营尽是龙虎将／将军年幼怎出场／卞吉说吾曾遇高人来传授／擒贼犹如手探囊／欧阳无奈将头点／卞吉上马手提枪／一马来到战场上／大叫巡营小儿郎／快发能将来会我／迟慢一刻踏营房／军士听得忙不住／跑进营来报端详／营外来了一小将／耀武扬威在战场／子牙问声谁出马／宫适说某去擒他进营房／提刀上马出营外／见一小儿器宇昂

白 南宫适见卞吉年幼，不以为然，笑骂曰："小儿！不在学堂读书，而来战场拼命，却是为何？"卞吉曰："你不是黄飞虎，饶你不死，快叫反贼出来会我。"南宫大怒，喝曰："黄口小儿！死在眉头，还大言不惭。"拍马舞刀，直取卞吉。卞吉将枪架住，一场大战。

唱 南爷满腔怒火燃／大刀直砍小少年／卞吉枪法如雨点／南爷刀去箭离弦／宫适身经数百战／不把卞吉放心间／卞吉年少身灵便／枪如蛟龙戏水玩／一个为父把仇报／一个为主打江山／看看斗有三十合／卞吉拨马走向南／宫适随后来追赶／小贼除非会上天／追了大约半里远／只见前面插一幡／卞吉打马幡下过／宫适也赶到幡前／只觉头痛眼花乱／一跤倒下马雕鞍／昏昏迷迷手脚软／军士走来用绳拴／拖出幡来才睁眼／卞吉得胜转回关／进府来对元帅讲／生擒南宫将一员／欧阳淳令推来见／南宫适立而不跪眼朝天／欧阳说你既被擒求赦免／立而不跪为哪般／宫适说吾乃周营先锋将／宁可玉碎不瓦全／欧阳淳令收监下／待擒子牙见圣颜／次日卞吉忙披挂／提枪上马又出关／来到战场高声骂／黄飞虎快来把刀餐／军士进营来禀报／元帅在上请听言／小贼营外又讨战／大叫为父报仇冤／飞虎一旁开言道／小贼定是卞家男／待吾今日去会战／生擒小贼进营盘／子牙听罢将头点／黄家人马到阵前／飞虎战场仔细看／原来是个小少年

白 飞虎催牛上前问曰：“小儿是卞金龙的公子么？”卞吉答曰：“然也！来者莫非是黄飞虎么？”飞虎答曰：“既知吾名，还不赶快下马受缚，待我禀过元帅，饶你一命。”卞吉知是杀父仇人，不再答话，纵马提枪，分心便刺。飞虎将枪架住，一场争战。

唱 卞吉战场杀气高／长枪一摆刺眉梢／飞虎长枪来招架／一老一少逞英豪／一个为父把仇报／一个只想立功劳／飞虎枪如星火冒／卞吉枪似大雪飘／卞吉说纣王何事亏待你／带领人马反商朝／飞虎说你乳臭未干哪知道／昏君无道杀臣僚／看看战有三十合／卞吉催马往南逃／卞吉催马幡下过／立马林前骂声高／反贼你敢到此战／小爷与你战通宵／飞虎催牛赶来到／来到幡下摔一跤／人

牛一下齐摔倒 / 两眼紧闭如睡着 / 黄明一见兄跌倒 / 急拍战马舞钢刀 / 大叫小贼不要跑 / 爷来追你命一条 / 人到幡下也摔倒 / 军士绳索来捆牢 / 拖出幡来就醒了 / 飞虎黄明心发毛 / 然何到此就睡觉 / 浑身发软困难熬 / 周纪一见吓一跳 / 不敢来就往回跑 / 卞吉一见得了胜 / 收兵回关喜眉梢

白 卞吉回关，到帅府对主帅欧阳淳曰：“今日生擒反贼黄飞虎，正好为父亲报仇，请主帅将他斩首。”欧阳淳曰：“小将军报仇心切，孝心可嘉。但黄飞虎乃是钦犯，解往朝歌，以正王法。一来显小将军英雄，二来又为国建功，也报了父仇。”卞吉无奈，只好将黄飞虎、黄明和南宫适一起监押在右营。

唱 不说关内得胜事 / 又表周纪转回营 / 进帐来对元帅讲 / 飞虎黄明皆被擒 / 子牙便把周纪问 / 小贼如何擒他们 / 周纪说卞吉败往白幡过 / 追到幡下就遭擒 / 子牙听说如此语 / 又是左道与旁门 / 明日大家去见阵 / 看看此幡是何因 / 次日子牙点人马 / 左右门人随后跟 / 一直来到战场上 / 守关军士听分明 / 快快报与你主将 / 出关相见有话云 / 军士听得忙去报 / 老爷呀子牙门外讨战争 / 欧阳听报传将令 / 众将一齐出关门 / 哪吒便对师叔讲 / 你看城门之下幡一根 / 幡上有白骨朱砂印 / 千条黑气往空升 / 你看他主将不从幡下过 / 看来此幡是祸根 / 二人正在来谈论 / 战场来了欧阳淳 / 子牙上前施一礼 / 将军何苦守空城 / 商纣无道人神愤 / 江山不久就全崩 / 欧阳闻言心大怒 / 开言叫声卞将军 / 与我拿下老姜尚 / 卞吉纵马到来临 / 旁边恼了雷震子 / 小儿休得乱胡行 / 黄金棍子当头打 / 卞吉枪架两相争 / 雷震展开风雷翅 / 金棍打来重千斤 / 卞吉招架四五棍 / 震得两臂酸又疼 / 实难招架催马走 / 雷震展翅随后跟 / 卞吉催马幡下过 / 雷震空中看得清 / 吾将此幡来打碎 / 看他怎样再害人 / 想罢举棍往下打 / 妖气一冲脑壳晕 / 昏昏沉沉

来摔下 / 军士过来上绑绳 / 韦护一见心大怒 / 降魔宝杵往空升 / 祭起宝杵把幡打 / 降魔杵落地埃尘 / 卞吉重又走出阵 / 恼了哪吒正先行 / 现出三头与八臂 / 大喝匹夫少逞能 / 尖枪照着卞吉刺 / 卞吉枪架两相争 / 哪吒各手均拿宝 / 卞吉心里暗吃惊 / 哪吒先把圈子祭 / 落来打中卞吉身 / 卞吉带伤催马走 / 哪吒停下风火轮 / 李靖催马来争斗 / 桂天禄舞刀来相迎 / 李靖画戟龙摆尾 / 天禄大刀虎跳林 / 一个曾是一关主 / 一个临潼称将军 / 看看斗有七八合 / 天禄难敌老将军 / 李靖奋勇一戟刺 / 天禄跌下马能行 / 欧阳一见天禄死 / 拍马舞刀杀来临 / 辛甲走马来接住 / 二人战场定输赢 / 辛免拍马来助战 / 龙环吴谦也来临 / 大喝一声来围住 / 四人围住欧阳淳 / 欧阳大刀也不善 / 挡住周营四将军 / 自古道双拳难敌四只手 / 好汉也难敌多人 / 搪了斧来枪又到 / 挡得枪来刀又临 / 欧阳手忙脚又乱 / 浑身大汗湿衣襟 / 跳出圈子逃命走 / 败进临潼进关门 / 子牙一见得了胜 / 收兵回转大本营 / 今天又失雷震子 / 心中忧闷不安宁 / 不说子牙营中事 / 又表临潼欧阳

第九章　邓芮二侯归周主　渑池县五岳归天

白 欧阳淳败进关内，见卞吉受伤，桂天禄阵亡，命差官往朝歌搬取救兵不提。且说，土行孙运粮回营，在临潼关前，见有一白幡，幡下有韦护降魔杵、雷震子黄金棍摆在地下。土行孙暗思曰："这二人为何将兵器丢在这里？我不免替他们拾回便了。"走到幡下，头一昏就睡倒在地。守幡军士看见，上前捆绑，押进关来。土行孙醒来，见两臂已绑，连称好玩。军士将土行孙押进帅府，欧阳淳问曰："矮子何人，到幡下何事？"土行孙曰："吾见幡下有黄金棍，想拿去换钱买酒，不想走到幡下就睡着了。"欧阳淳闻言，啼笑皆非，吩咐将此贼斩首。军士领令，要拿矮子开刀。土行孙笑曰："吾不陪了，吾去也。"将身一扭，即不见人。欧阳淳一见，只吓得目瞪口呆，暗想周营有此异人，要加倍小心防备。卞吉曰："某伤已愈，待我出阵，再拿他几人，以壮军威。"欧阳淳曰："临潼全靠将军维持，务要小心！"卞吉曰："末将牢记，请元帅放心。"

唱 卞吉提枪跳上马／一心想把周将拿／带领人马到关下／指名要会李哪吒／军士听得忙去报／跑进中军说根芽／卞吉小贼来讨战／要叫先行去会他／子牙便把哪吒令／出营去把小贼拿／不要往他幡下过／小心谨慎莫出差／哪吒领了师叔令／脚蹬火轮就出发／一直来到战场上／卞吉一见咬碎牙／也不上前来说话／纵马抡枪刺哪吒／哪吒尖枪来接住／轮马相交起尘沙／尖枪使动神鬼怕／卞吉银枪如雪花／两边催阵鼓儿打／儿郎个个只叫杀／方才战到三五合／卞吉走马诱哪吒／白骨幡下来等候／哪吒来时要擒拿／哪吒收轮不追赶／小贼拿我无办法／小卞吉一见哪吒不追赶／圈套犹如水中花／急忙收兵回关去／去与主将说根芽／哪吒也把兵收转／要破临潼另想法／不说周营营内事／又说朝歌把兵发

白　朝歌派邓昆、芮吉二人带领三万人马驰援临潼关。在路行了数日，来到临潼关下。军士报进帅府："启禀元帅！朝歌发来救兵，领兵之人是邓昆、芮吉二位侯爷，请元帅出关迎接。"欧阳淳闻报，与卞吉二人迎出关来，将二侯接到帅府。邓昆曰："欧阳元帅与周营交战，胜负如何？"欧阳淳曰："卞将军为国立功，连擒黄飞虎等反贼四人。"邓昆曰："明日整顿人马，与姜尚决一雌雄！"

唱　一夜晚景很快过／次日东方出太阳／邓昆芮吉升军帐／叫声卞吉与欧阳／带领一万人和马／大家一齐上战场／欧阳点齐人和马／要与姜尚较短长／一齐冲来到阵上／大喝巡营众儿郎／朝歌邓芮二侯到／战场之上见武王／军士听得忙不住／报与元帅知端详／朝歌邓芮二侯到／要见元帅与武王／子牙传令众兵将／一齐排班到战场／子牙上了四不像／众将簇拥出营房／邓昆芮吉抬头望／见子牙人马整齐斗志昂

白　子牙一见邓芮二侯，躬身曰："二位贤侯恕姜尚甲胄在身，不能全礼。"邓昆曰："姜尚！你为商臣，应报效朝廷，为何聚众造反，破关斩将，是何道理？"子牙曰："二位贤侯，难道不知纣王荒淫无道，搞得民不聊生？今天下三分之二已归周武，八百诸侯将会孟津，齐讨独夫。商纣大厦将倾，量你一木难扶，此是天意，非人力可挽。"邓昆大喝一声："卞将军！与我拿下姜尚！"卞吉闻言，纵马舞枪，冲杀过来。赵升提刀接住，一场大战。

唱　卞吉纵马冲过来／赵升舞刀来隔开／卞吉一见心大怒／举手抡枪刺胸怀／赵升大刀来得快／枪刺刀迎两分开／芮吉走马来助战／孙焰红大斧像砍

柴 / 芮吉说反贼胆敢来比赛 / 焰红说大江大河走过来 / 哪吒一见心气坏 / 现出三头八臂来 / 足蹬火轮来得快 / 尖枪摆动刺胸怀 / 邓昆芮吉被吓坏 / 把马一兜就走开 / 子牙也不令追赶 / 鸣锣收转众英才

白 邓昆、芮吉随欧阳淳、卞吉回关，到帅府坐下。邓昆曰："欧阳元帅！吾等回关，为何不直接走南门，要绕西门回来？"欧阳淳曰："二位侯爷有所不知，南门外插有卞将军幽灵白骨幡，若往下面过，必然昏倒。斩将擒贼，全靠此幡。"邓昆又问曰："卞将军及其家将为何又能过去？"欧阳淳曰："他画有符印给他们戴上，自然无虑。"

唱 邓昆听得如此讲 / 心中已然有主张 / 纣王荒淫行无道 / 锦绣江山自然亡 / 西岐已出仁圣主 / 贤臣择主理应当 / 我是飞虎姨姐丈 / 想法救出武成王 / 想罢便派心腹将 / 请芮吉二人饮酒叙衷肠 / 家将领了老爷令 / 去请芮侯走忙忙 / 一直走进芮侯府 / 请老爷过府饮酒浆 / 芮吉随同到邓府 / 邓昆迎接进府堂 / 邓昆说我与贤弟事情讲 / 殷纣无道必然亡 / 你我不如归周主 / 留个美名万古扬 / 芮吉说今日阵上亲眼见 / 方信天意灭成汤 / 临潼全靠卞吉守 / 设法除去小儿郎 / 二人愈谈愈投契 / 地下有人听得详

白 土行孙在地下，清楚听见二人谈话，心中非常高兴，要把此消息赶快报与元帅知道，当即使用地行术往周营而来。不消一刻，到元帅帐中，冒上地来。

子牙见土行孙高兴模样，问曰："你往关中探得什么消息？"行孙曰："我在邓昆住处，听得邓芮二侯商议归我周朝之事，立即回来报与元帅。"子牙闻言，心中大喜，便对土行孙曰：“事不宜迟，你再往临潼关邓侯府中，要他了解破幽灵白骨幡之法。”行孙领令，将身一扭，往临潼关而去。

唱　不表行孙打听事／又表芮吉与邓昆／二人边饮边谈论／剖腹掏心叙衷情／正在说得投契处／地里冒出土行孙／邓昆芮吉吓一跳／大喝你是什么人／行孙说二位贤侯请宽坐／我是周营土行孙／二位贤侯说的话／我在地下听得清／二位有心归周主／何不立下一功勋／邓昆便问是何事／行孙说白骨幡儿阻大兵／想法得到制幡令／邓昆便问何处寻／行孙说此符卞吉才会画／解铃还要系铃人／邓芮二侯心中喜／明晚你到此领符文／行孙说二位贤侯请保重／我要回去报信音／一扭身形人不见／二侯赞叹是异人／二侯辞别各归寝／次日东方天又明／邓芮二侯升军帐／开言叫声卞将军／你的白骨幡插南门外／妨碍大军去出征／不如将幡来拔去／才好调兵冲敌营／卞吉闻言说不可／此幡价值重千金

白　卞吉听说要拔去白骨幡，连说：“不可！不可！临潼关全靠此幡保住，全军将士的生命也靠此幡保护！”邓昆大喝曰：“你设此幡，只能保护卞家军士，怎能保得临潼全体军民？”芮吉从旁劝曰：“卞将军！你头盔之中不是戴有符印么？你画出符印，让我军官兵佩戴，方便我军走动，又能斩将杀敌，岂不两全其美？”卞吉无奈，只好画出符印，交给芮吉。从此，临潼将士均全部佩戴符印，都可由幽灵白骨幡下安全通过。

唱　不说邓芮得符印／又表周营土行孙／当晚领了元帅令／营中等到夜三更／立即施展地行术／土中潜行进关中／一直来到邓昆府／正值二侯在府厅／行

孙立即冒上地 / 二侯一见喜在心 / 便将符印来交付 / 周营将士可照行 / 行孙接得符在手 / 辞别二侯就动身 / 一直来到元帅府 / 交与元帅领兵人 / 子牙接得符在手 / 立即通知众将军 / 各人照符画一道 / 头盔之内来放存 / 不说周营得符事 / 又表芮吉与邓昆 / 次日二侯升军帐 / 开言便令卞将军 / 你可周营去讨战 / 擒拿贼将进关门 / 卞吉领了二侯令 / 提枪上马出关门 / 一直来到战场上 / 耀武扬威叫战争 / 军士急忙进帐禀 / 卞吉营外讨战争 / 子牙闻报传众将 / 大家随我去出征 / 一直来到战场上 / 一见卞吉喝一声 / 小贼你依仗白幡狠 / 擒了我几员大将军 / 哪位将军去上阵 / 捉拿小贼把仇申 / 武吉提枪杀出阵 / 卞吉接住两相争 / 两人都是使枪手 / 两杆银枪似飞腾 / 枪来枪架叮当响 / 枪去强迎冒火星 / 武吉枪使白蛇来吐信 / 卞吉枪使银河闪流星 / 赵丙提刀来助战 / 大刀砍来重千金 / 卞吉银枪来抵住 / 好像元宵走马灯 / 看看斗有数十合 / 卞吉难抵两将军 / 不如用幡来取胜 / 生擒两人进关门 / 虚晃一枪催马走 / 两人催马随后跟 / 卞吉打马幡下过 / 走过幡来把马停 / 卞吉停马来观看 / 见他二人追来临 / 武吉赵丙幡下过 / 眼不花来头不昏 / 追过幡来举枪刺 / 卞吉一见吃一惊 / 往日幡儿多灵验 / 今天然何使不灵 / 无奈打马逃命走 / 快马加鞭进关门 / 卞吉走进帅府内 / 邓昆叫声卞将军 / 今日擒了几员将 / 卞吉说白骨幡儿使不灵 / 若是我马走不快 / 我将反而被他擒 / 邓昆闻言心大怒 / 你说你幡能敌百万兵 / 为何今日不灵验 / 说明你已有反情 / 你怕临潼难保守 / 背叛通敌起反心 / 喝令左右推去斩 / 军士过来上绑绳 / 卞吉大呼是冤枉 / 邓昆下令快用刑 / 霎时将头来献上 / 可怜卞吉做冤魂

白　卞吉家将把卞吉被斩之事报与欧阳淳元帅知道。欧阳淳闻言，心内大怒：若斩忠良，则临潼危在旦夕。他忙到银安殿向邓芮二侯问曰："卞吉何罪，要受斩刑？"邓昆曰："欧阳元帅！还未告知你，我二人已弃暗投明，归顺周武，我劝你知时达务，降则昌，逆则亡！请你三思。”欧阳淳大怒骂曰：“叛国奸臣！九泉之下，何颜以见先帝？”说罢，提宝剑砍来，邓昆将剑架住，在银安殿上大战起来。

唱　欧阳提剑怒冲冠／举剑乱砍二老奸／邓芮二侯提剑架／三人大战在银安／欧阳说奸贼无信来背叛／卞吉忠良反蒙冤／芮吉说临潼小小弹丸地／你能坚持到何年／邓昆说纣王无道天下乱／英明圣主出岐山／欧阳淳一见难取胜／自刎人头在殿前／邓昆一见欧阳死／吩咐军士快开监／放出周营四员将／飞虎四人到殿前／邓芮二侯来相见／飞虎一见喜心间／雷震飞出临潼去／周营里面把信传／子牙闻言心欢喜／人马开进临潼关／邓芮二侯来迎接／子牙嘉奖二英贤／才到银安殿坐下／门官进来报事端／今有东北侯姜文焕／派人送信到府前／双手将书来呈上／子牙接来看端的／上书东侯姜文焕／致书子牙帅驾前／只因孟津会期近／急于攻下游魂关／无奈兵微将又寡／心中好似滚油煎／敬请元帅发兵将／助我夺取游魂关／子牙看罢开言问／哪吒将军走一番／金木二吒齐请战／我弟兄愿助姜侯夺取关／子牙一见心内喜／分出兵马共三千／金木二吒领令箭／带领人马奔前川／不说二人增援事／又表子牙把令传／兵马发往渑池县／离县十里扎营盘／守县军士来打探／子牙已破临潼关／兵马开到渑池县／跑进县府报事端／子牙大兵已来到／西门外面扎营盘／张奎闻报点头叹／可惜成汤六百年／一面固守渑池县／同时写本把兵搬／不表张奎来防守／回文又把子牙谈

白　子牙次日升帐，对众将曰：“过了渑池就到孟津，哪位将军首先出阵建功？”旁边闪过南宫适曰：“启禀元帅！末将愿见头阵。”子牙点头允许。南宫适提刀上马，冲出营来，到城下大叫曰：“快遣能将前来会吾！”军士听得，跑进府衙禀报："启禀总兵！城外有贼讨战！"张奎闻报，问左右曰："哪位将军前去退敌？"王佐应曰："末将不才，愿会周将。"张奎曰："王将军！上阵之时，须要小心！"王佐曰："不劳总兵挂心，末将自会谨慎。"说罢，提刀上马，冲出县城而来。

唱 王佐战场怒生嗔／喝声周将快通名／南爷说我名叫作南宫适／现任周营左先行／王佐闻言不搭话／纵马舞刀劈顶门／南宫提刀来抵住／渑池城下动刀兵／南宫说五关艰险已被破／你小小城池怎能撑／王佐说你等犯上来作乱／只怕眼前祸来临／看看战上数十合／王佐难敌老将军／南宫使个假招数／刀劈王佐丧残生／南宫掌起得胜鼓／收兵转回大本营／次日子牙又传令／哪位将军去出征／一旁走出黄飞虎／末将愿去走一行／子牙闻听心高兴／飞虎领兵出了营／到了城下高声叫／快派上将来交兵／军士听得忙去禀／开言叫声张总兵／周营有人来讨战／叫派能将会他身／张奎闻言问左右／哪位前去会来人／言还未定人答应／闪出上将名邓椿／末将不才情愿往／张奎说将军上阵要小心／邓椿回言我知晓／提枪上马出了城／一马冲来到阵上／见一将五色牛上赛天神

白 邓椿问曰："骑牛者是谁？"飞虎曰："吾乃武成王黄飞虎是也。"邓椿闻言大怒骂曰："黄家乃殷商之股肱，今为叛乱祸魁，何颜再见故土？"飞虎曰："纣王荒淫无道，丧尽人伦，八百诸侯都举反旗，不久将大会孟津，宣布纣王罪状。小小渑池，怎能抗拒六十三万大军？"邓椿闻言，也不再论，长枪摆动，当胸刺来。飞虎枪架相还，一场拼斗。

唱 话不投机气昂昂／二人争斗在疆场／一个枪如蛇吐信／一个枪似龙游江／邓椿渑池称上将／飞虎枪法世无双／牛马相对双枪举／灰尘弥漫日无光／两边儿郎齐呐喊／两位将军双手忙／看看斗有三十合／恼了开国武成王／大喝一声枪来了／枪挑邓椿一命亡／飞虎下牛取首级／得胜鼓打转营房／进帐来对元帅讲／枪挑邓椿在沙场／子牙闻言心大喜／将军功劳日月长／不说子牙欢庆事／又表败军进城防／进府来对总兵讲／邓椿将军丧无常／张奎闻报心恼怒／气得两眼冒金光／待吾亲自会姜尚／擒贼首先要擒王／次日张奎忙披挂／放炮开城出关防／一直来到战场上／叫一声巡营军士听端详／快叫姜尚来会我／迟慢半刻踏营房／军士慌忙跑进帐／启禀元帅听端详／张奎营外来讨战／凶神恶煞似虎狼／子牙闻报传众将／排班随我到战场／子牙上了四不像／众位将军排两旁／一齐出营到阵上／见张奎兽上横刀似金刚

白 张奎一见子牙人马出来，拍独角乌烟兽上前曰："姜尚！你乃渭水一渔翁，为何唆使姬发反叛朝廷？"子牙曰："张总兵！纣王无道，杀妻灭子、屈辱忠良、人神公愤，八百诸侯尽举义旗造反，岂独我西岐乎？纣王应效法唐尧，自动让位，才上合天心，下顺民意，将军以为然否？"张奎听罢大喝曰："你无父无君之辈，敢出此言？"纵兽舞刀，直取姜尚。旁有姬叔明、姬叔升两殿下接住，拼杀起来。

唱 战场说话不投机／二殿下双枪并举战张奎／兽马相对刀枪举／三人战场分高低／二人双枪龙戏水／张奎刀舞草上飞／张奎说你二人是武王亲兄弟／争江山来夺社稷／叔明说渑池小小弹丸地／螳臂焉能挡大车／张奎说要砍你二人如儿戏／还敢战场耍耍嘴皮／弟兄二人把眼挤／回马枪挑这黑贼／虚晃一枪回马

走 / 只等张奎随后追 / 张奎一见微微笑 / 这种把戏欺瞒谁 / 放他二人走一会 / 才拍独角无烟驹 / 四蹄翻飞烟尘起 / 千里路程一时辰 / 姬叔明稍带马头回枪刺 / 张奎一马快如飞 / 拦腰一刀来砍下 / 姬叔明砍下马来命归阴 / 姬叔升只听后面一声响 / 人未回头头已飞 / 可怜金枝玉叶体 / 渑池县下立坟堆 / 子牙见折二殿下 / 急命鸣金收兵回

白 子牙收兵回营，对众将曰："不想小小渑池，竟折两位殿下！"哪吒曰："张奎的坐骑有些怪异，其快如风，以致如此！"正说之间，小军进帐来报："外有崇城崇黑虎等四人求见。"子牙闻报，亲自迎出营门。进帐坐下，崇黑虎曰："渡过黄河，就到孟津，吾等四人特来元帅帐前报效。"子牙谢曰："崇侯乃一路诸侯，姜尚愧不敢当。"正说之间，军士进帐报曰："启禀元帅！张奎讨战。"子牙未及开言，崇黑虎应曰："吾等既到此处，愿效犬马之劳。"说罢，四人上马，冲出营来。张奎一见崇黑虎，大声骂曰："你乃北路诸侯，今日也寄人篱下，仰人鼻息，岂不羞愧？"黑虎闻言，心中大怒，拍金睛兽，举宣花斧劈面砍来。张奎大刀相迎，一场拼斗。

唱 黑虎大斧砍张奎 / 张奎大刀往上迎 / 独角驹对金睛兽 / 宣花斧对刀雁翎 / 文聘提棍也上阵 / 崔英双锤似流星 / 蒋雄银枪分心刺 / 四人同时战一人 / 战鼓咚咚催战马 / 军士呐喊天地崩 / 子牙便对飞虎讲 / 黄将军你可出营助他们 / 飞虎如梦方才醒 / 提枪跨上五色神 / 一骑飞来到阵上 / 五个人围住张奎在中心 / 张奎大刀也不善 / 敌住周营五将军 / 也是天意来注定 / 五岳逢着七煞星 / 看看战上多一会 / 黑虎要用宝和珍 / 想罢催马退下阵 / 张奎来时放神鹰 / 四人已知其中意 / 拍马跟着黑虎行 / 这张奎独角驹上只一拍 / 四蹄放开如飞腾 / 黑烟一起追文聘 / 文聘不知张奎临 / 张奎一刀砍下马 / 文聘一命赴幽冥 / 黑虎伸手去取宝 / 谁

知张奎已临身／一刀照着黑虎砍／黑虎滚下马鞍心／崔英大叫休逞能／勒回马头又拼争／飞虎蒋雄也赶到／三个人又围张奎在中心／飞虎气得火星滚／长枪犹如风送云／四人正在来争斗／城中来了一妇人／胯下走阵桃花马／绣鸾宝刀手中抡／提刀照着三人砍／张奎之妻高兰英／看见飞虎甚骁勇／怀中取出太阳针／神针对着三人射／射住眼睛不能睁／张奎一刀砍一个／三人霎时命归阴／看来命运皆如此／五岳遇着七煞星／张奎斩了五员将／得意洋洋转进城／周营军士吓得浑身软／跑进营来报事因／叫声元帅不好了／五位将军丧了身／子牙闻报吓一跳／悠悠顶上失三魂／可怜黄家忠烈将／家仇未报命归阴／不说子牙心痛事／又表张奎得胜人

白　张奎日斩五将，心中非常欢喜，自思曰："人言子牙用兵如神，以吾观之，不过平庸之辈。次日天明，披挂整齐，带兵放炮开城，直到周营讨战。"子牙闻报，亲领人马出营来会张奎。张奎一见子牙人马出营，拍独角驹上前大喝曰："周营众将！谁敢会吾？"旁有黄飞彪欲报杀兄之仇，催马摇枪，直刺张奎。张奎刀架相还，一场大战。

唱　飞彪怒气冲云霄／长枪摆动刺眉梢／张奎提刀来架住／二将战场逞雄豪／独角兽对着青鬃马／张奎敌住黄飞彪／一个为兄把仇报／一个只想建功劳／二人正在来交战／杨戬催粮把令交／子牙说武成王被贼杀死了／张奎坐骑有蹊跷／杨戬走马上前看／但只见独角兽走动轻飘飘／不言杨戬暗盘算／又表张奎战飞彪／飞彪本是将门子／长枪舞动如龙蛟／看看战上数十合／飞彪一计上心潮／不若佯装败阵走／回马枪挑这贼曹／想罢拨马便败走／张奎喝声哪里逃／喝声未了人已到／飞彪不知半分毫／照着飞彪一刀砍／飞彪滚下马鞍桥／杨戬一见心大怒／贼子休走看吾刀／举刀朝着张奎砍／张奎刀架把兵交／一个八九玄功

妙 / 一个地行术最高 / 儿郎喊杀高声叫 / 杀得地动与山摇 / 方才战上七八合 / 杨戬假装难得熬 / 刀法散乱人欲倒 / 张奎一见喜眉梢 / 张奎拍骑上一步 / 一把抓住勒丝绦 / 活把杨戬擒过去 / 军士用绳来捆牢 / 子牙一见事不好 / 鸣金收兵心内焦 / 张奎今日又取胜 / 鸣金收兵乐陶陶

白 张奎今日出战，斩了黄飞彪，生擒杨戬，心中好不欢喜，令左右将杨戬推上帐来。杨戬进帐，立而不跪。张奎骂曰："被擒之将，还不屈膝求饶，更待何时？"杨戬骂曰："逆贼！老爷既被擒拿，杀砍由你，何须装腔作势！"张奎大怒，吩咐左右斩首报来。军士将杨戬推出辕门，一刀砍去，人头落地。只见管马后槽军士来报："启禀老爷！大事不好了，独角乌烟驹，正在吃草料时，不知何故，马头落地。"张奎听了，大吃一惊，吾全靠坐骑取胜，今日无故身亡，不知何故？正在烦闷，忽有军士来报："有杨戬讨战。"张奎一听，心中顿时明白：一定是此贼幻术所为，这次擒住，千刀万剐此贼！提刀上马，冲出城来。

唱 张奎大怒出城郭 / 心中不住暗琢磨 / 这回把杨戬来拿住 / 铁索捆紧用刀割 / 一马冲来到阵上 / 杨戬一见笑哈哈 / 你凭借独角乌烟兽 / 斩我大将好几多 / 张奎一听冒怒火 / 大刀一摆劈脑壳 / 杨戬三尖刀抵住 / 二人战场又相搏 / 两刀挥得人眼乱 / 两马相交如穿梭 / 张奎说这次将你来拿住 / 一丁一点慢慢割 / 杨戬说多少风险我见过 / 你把老爷又如何 / 只杀得河里鱼儿懒游动 / 只战得梁上燕子懒做窝 / 看看战上数十合 / 张奎大叫一声着 / 一把抓住杨戬带 / 提过鞍桥用绳索 / 五花大绑来捆起 / 张奎收兵一棒锣 / 回到帅府来坐下 / 去请夫人来商榷 / 兰英来到府堂上 / 张奎接住把话说 / 张奎说这厮会玩移花接木计 / 你看如何来发落 / 兰英说此乃幻术容易破 / 用狗血大粪往头泼 / 再把琵琶骨穿破 / 看他

怎样来走脱 / 军士领令照样做 / 一刀砍去人头落 / 张奎得意府堂坐 / 丫鬟哭泣进堂阁 / 叫声老爷不好了 / 今天家中怪事多 / 老奶奶正在后堂坐 / 哪来的狗血粪便满头泼 / 我们去舀水来淋洗 / 老奶奶人头忽然落 / 张奎闻言悲声放 / 老娘啊是杨戬这贼动手脚

白 张奎两次被杨戬戏弄，一次斩掉独角乌烟驹，一次斩掉老娘，不由火冒三丈，提刀上马冲出城来，大叫：“杨戬匹夫！你快出来会吾！”军士看见，报进营来：“启禀元帅！张奎讨战。”哪吒曰：“待弟子前去会他。”子牙点头答应。哪吒蹬开风火轮冲出营来。张奎一见，大呼曰：“你快叫杨戬出来会我！”哪吒答曰：“张奎匹夫！你仗良驹之利，连斩吾大将，我岂肯饶你！”说罢，提枪蹬轮，劈面刺来。张奎架住，一场拼斗。

唱 张奎火冒万丈高 / 照着哪吒砍几刀 / 哪吒尖枪龙摆尾 / 火轮蹬开如狸猫 / 又将三头八臂现 / 好似狮子把头摇 / 张奎一见吓一跳 / 暗夸周营异人高 / 往来斗有三五合 / 一个祭起神火灶 / 九龙吐火万丈高 / 哪吒将手拍一拍 / 大火对着张奎烧 / 张奎翻身跳下马 / 火烧马匹成灰焦 / 哪吒以为张奎死 / 得胜鼓打咚咚敲 / 回营来对元帅讲 / 烧死张奎在荒郊 / 子牙闻言心欢喜 / 攻取渑池在今朝 / 不说子牙营中事 / 又表张奎遁土逃 / 逃回帅府来坐下 / 思前想后泪双抛 / 若是不会地行术 / 早已暴死在荒郊 / 兰英即便开言道 / 夫君今晚建功劳 / 哪吒以为你死了 / 周营防备定不牢 / 你三更遁土周营去 / 营中必定静悄悄 / 你把武王姜尚来杀了 / 你的功劳有天高 / 张奎说还是夫人主意好 / 今晚叫他君臣都吃刀

第十章　土行孙夫妇丧命　梅山七怪阻孟津

白 张奎等到三更时分，用地行术到了周营。也是天意已定，恰遇杨任巡营。杨任双眼被挖，经清虚道德尊君医治，并点了眼丹，眼中长出手掌，掌心长出眼睛。此眼上看灵霄宝殿，下观阎罗阴山。杨任正看地下，忽然看见张奎地下摸进营来。杨仁跟随张奎进营，乃大呼曰："全营将士注意，张奎前来偷营！"子牙听得，赶忙仗剑出帐问杨任曰："张奎已被哪吒烧死，哪来张奎？"杨任曰："元帅！张奎此时正在地下偷听，请元帅速去保护我王。"子牙急忙跑进武王帐中去了。张奎在地下等候多时，见杨任始终跟随不离，无法冒上地来。只好长叹一声，出营往县城而去。杨任一直跟到城边，见张奎进城，方才返回周营。

唱 杨戬来对师叔讲 / 待我前去探一番 / 子牙闻言将头点 / 杨戬上马出营盘 / 一马来到县城下 / 大叫张奎来会俺 / 军士一见是杨戬 / 急忙跑进帅府前 / 那杨戬城下来讨战 / 张奎一听冒火烟 / 这次定把贼来斩 / 杀母之仇不共天 / 提刀上马出城外 / 一见杨戬怒冲冠 / 开言便把杨戬骂 / 贼子你好烂心肝 / 吾母与你何仇恨 / 为何忍心杀老年 / 杨戬说只因你逆天来行事 / 使你满门受株连 / 张奎也不再答话 / 大刀挥舞劈左肩 / 杨戬提刀来架住 / 两人大战在城前 / 这一个玄功七十二变化 / 这一个地下一日走两千 / 杨戬说小小一个渑池县 / 伤吾上将七八员 / 张奎说等待朝廷救兵到 / 誓把反贼全捉完 / 只杀得天摇地又动 / 又战得山崩海水干 / 杨戬暗放哮天犬 / 直奔张奎脖项间 / 张奎滚鞍跳下马 / 身子一扭地下钻 / 杨戬一见点头叹 / 他与行孙是一般 / 收兵回营见元帅 / 张奎确实在人间 / 他地行之术更灵便 / 泥巴石头任其钻 / 子牙听了心忧虑 / 要防此人难上难 / 婵玉在旁来听见 / 心里不住自详参 / 地行术只奴夫会 / 哪里来的这狗男 / 躬身行礼对元帅讲 / 待奴上阵看一番 / 子牙说上阵之时要仔细 / 婵玉说不劳元帅挂心间 / 说罢跨

上桃花马／绣鸾双刀拿手间／快马加鞭到阵上／张奎大叫道快来把刀餐／军士听得忙禀报／老爷在上请听言／有一女将来讨战／叫老爷出去会婵娟／高兰英一旁来听见／待奴去会女红颜／说罢跳上胭脂马／日月双刀悬腰间／来到战场用目看／见女将好像嫦娥离广寒

白　高兰英见女将杏眼桃腮，驰骋沙场，乃一巾帼英雄。高兰英高声问曰："女将通名。"邓婵玉曰："吾乃督粮官土将军夫人邓婵玉是也。"高兰英曰："莫非是三山关总兵邓公九之女么？"邓婵玉曰："既知吾名，还不下马受缚？"高兰英骂曰："你父女叛国投敌，还大言不惭有何脸面再见故土？"婵玉大怒，举绣鸾双刀劈面砍来。高兰英用日月双刀架住，一场大战。

唱　这才是纣王无道宠三妖／才使得红粉佳人动枪刀／桃花马对胭脂马／绣鸾刀对日月刀／四只臂膀齐奋力／红白二女逞英豪／这一个曾遇异人学玄妙／飞石打人技艺高／日月刀起生紫雾／绣鸾刀起放光豪／这一个使个嫦娥扯兔草／这一个使个玉女献蟠桃／两边军士看呆了／鸦雀无声鼓不敲／看看战上三十合／婵玉拨马往南跑／高兰英大喝哪里走／老娘手下休想逃／催开胭脂随后赶／邓婵玉双刀挂在马鞍桥／五光石头拿在手／回手一石喊声着／一石打在面门上／只打得鼻青脸肿眼睛泡／高兰英哎哟一声拨马走／逃进县里恨难消／婵玉一见全得胜／得胜鼓打咚咚敲／进营来对元帅讲／石打兰英脸起包／子牙听了心欢喜／记下婵玉一功劳／正说之间行孙到／来对元帅把令交／子牙说渑池张奎你可知道／地行之术很高超／行孙说吾师传我地行术／世上无人会此招／明日我把张奎会／看谁英雄谁脓包

白 次日土行孙上帐对师叔曰："弟子想去会会张奎，比比地行术的高低。"子牙曰："可令杨戬、哪吒、婵玉三人助战。"三人领令，与土行孙一齐出营，到渑池城下，行孙高叫曰："张奎出来会我！"军士听得，报进帅府："启禀老爷！城外有一矮子讨战。"高兰英曰："此必土行孙到了，夫君需要小心。"张奎笑曰："吾闻土行孙善地行术，今日与他比试比试。"说罢，提刀上马，冲出城来。一见土行孙，身不满三尺，张奎曰："土行孙！闻你会地行术，老爷特来会你！"土行孙大怒，纵步提棍，当头打来。张奎刀架相还，一场大战。

唱 自古同行是冤家／地行之人比高低／镔铁棍如泰山重／雁翎刀来如风吹／张奎说贼呀非是老将看不起／地行之术你差一截／行孙说你有眼不识金镶玉／你是狗眼看人低／老爷今天和你比／穿过地府到阿鼻／看看战有数十合／张奎马上吃点亏／哪吒蹬轮来助战／火尖枪起快如风／张奎提刀来敌住／仇人相见眼充血／哪吒说今天不能放过你／入地也要抓你回／哪吒乾坤圈祭起／落将下来打张奎／张奎滚鞍落下马／落地就不见踪影／行孙也把身子扭／钻进地下随后追／张奎转身复又战／二人地下分高低／耳边不听锣鼓擂／又无军士来助威／行孙矮小多伶俐／张奎高大反费力／行孙一贯是步战／张奎步战未练习／挨了行孙好几棍／暗地吃了哑巴亏／将身一扭逃回去／地下走动快如飞／行孙自知赶不上／闷闷恹恹把营回／回营来对元帅讲／这张奎地行之术属第一

白 子牙听土行孙都夸奖张奎地行术，心中十分忧虑。杨戬在旁曰："惧留孙师伯会指地成钢指法，师叔可修书一封，让行孙回山讨取此符印，破渑池县擒拿张奎有何难哉？"子牙闻言，即修书一封，交与土行孙，往夹龙山求指地成钢符印。行孙接书在手，拜辞元帅，往夹龙山而去。

唱 不说周营求符事／又表那张奎夫妇坐府台／张奎说朝歌搬兵一月整／不见任何救兵来／兰英说我夫耐心来等待／朝廷自会有安排／夫妻们显得无何奈／忽然狂风吹过街／风折旗杆为两段／兰英大惊把香排／三个金钱求八卦／金钱落地脸发呆／开言便把张奎叫／你快赶到猛兽岩／土行孙往夹龙山上去／指地成钢符印来／若是周营得符印／我夫一定要遭灾／张奎听得不怠慢／提前赶到猛兽岩／不言张奎在等待／且表行孙转山来／紧赶慢赶来得快／不觉到了猛兽岩／此岩一过是飞龙洞／想师傅闭目养神坐莲台／吾进洞去将师拜／求取符印就回来／想着想着冒上土／张奎一见乐开怀／咬紧牙关一刀砍／可怜他半截还在土内埋／张奎提头回县转／首级挂号令楼台

白 小军巡营，看见土行孙人头挂在城楼之上，不觉吃了一惊，急忙跑进营帐禀报："启禀元帅！城楼之上，挂出土行孙人头！"子牙一听，顿足叹曰："是吾害土行孙了！"不觉两眼流泪，痛哭失声。邓婵玉听到前营哭声，急忙走到帐前问，才知是丈夫土行孙被张奎所杀，悲悲啼啼要为丈夫报仇。子牙阻拦不住，婵玉上马提刀，冲出营来，大叫曰："张奎匹夫！出来会吾！"军士进府报曰："周营女将又来讨战！"高兰英想起一石之仇，揣好太阳神针，手提日月双刀，上马出城而来。

唱 兰英一马到战场／婵玉一见怒满腔／害死我夫在山上／我今要你把命还／绣鸾双刀照顶砍／兰英双刀往上搪／刀去刀来叮当响／战场两位女红装／琼瑶仙子临凡世／月宫嫦娥降下方／婵玉要报夫仇恨／刀刀凶狠砍顶梁／兰英边战边思想／打人先下手为强／太阳神针拿在手／放出神针射脸膛／婵玉正在来交战／神针射住眼难张／昏头昏脑乱刀砍／兰英一刀穿胸膛／婵玉翻身落下马／一

命呜呼见阎王 / 可怜他夫妇英雄将 / 未受皇封双双亡 / 兵士急忙进帐报 / 报与元帅知端详 / 婵玉女将去出阵 / 被高兰英神针射住斩疆场 / 子牙闻听叹口气 / 他夫妻小河翻船实感伤 / 子牙正在心忧闷 / 金霞童子进营房 / 我奉老师来派遣 / 特送符来到这厢 / 子牙含泪开言道 / 你师兄夫妻为国亡 / 童子说惧留孙老师已知道 / 他在洞府也悲伤 / 他说道这是天命难违抗 / 请元帅诱出张奎再想方

白 子牙谢过惧留孙的指地成钢符印，便令杨戬曰："你持此符，到黄河等候张奎到来。"又令哪吒、雷震子二人待张奎出来，就飞上城楼抢关。子牙又令："杨任！你见张奎入地，指出张奎行进方向，韦护按你所指方向追赶张奎，吾自有诱他出城之计。"

唱 子牙诸事安排定 / 走进后营见武王 / 只为渑池一小县 / 几员大将把命伤 / 如今已定埋伏计 / 要引张奎出城防 / 我与贤王一同往 / 假装看城走四方 / 张奎一见定来赶 / 引他追到黄河旁 / 我已安排几员将 / 保护贤王定无伤 / 武王说相父为孤多劳累 / 孤去诱敌又何妨 / 子牙武王一同往 / 杨任跟随在后方 / 来到城下高声嚷 / 指指点点像商量 / 军士城上来看见 / 见子牙陪一少年看城墙 / 急忙跑进总兵府 / 尊声总兵听详端 / 姜尚陪同一少年 / 在城下四处张望指四方 / 张奎闻言心欢喜 / 红袍少年是武王 / 待咱悄悄出城去 / 擒此二人献朝堂 / 兰英说夫君放心去追赶 / 有奴在此守城防 / 张奎闻言跳上马 / 一马来到了疆场 / 大喝一声老姜尚 / 你君臣今日定遭殃 / 说罢提刀飞来取 / 子牙剑架装慌张 / 大叫吾主快逃走 / 张奎休将吾主伤 / 杨任随后追来到 / 一摆手中飞电枪 / 截住张奎来大战 / 子牙退后保武王 / 张奎无心战杨任 / 一心只想擒武王 / 舍弃杨任来追赶 / 子牙武王走忙忙 / 杨任催骑随后赶 / 你追我赶奔南方 / 不说这里追赶事 / 又表那雷震哪吒上城

墙／高兰英站城楼上／一见哪吒怒满腔／日月双刀当头砍／哪吒舞动火尖枪／哪吒说你使妖术伤吾将／要你拿命来赔偿／兰英说你们作乱来犯上／恨不能剿除周营众儿郎／哪吒一听心大怒／火尖枪犹如暴雨打海棠／只听浑身骨节响／现出三头八臂好风光／兰英一见心害怕／李哪吒乾坤圈子祭上方／落来打在顶门上／高兰英一命呜呼见阎王／雷震子一棒将锁来敲烂／周营人马进城墙

白　张奎追赶姜尚、武王，杨任在后催动云霞兽追赶张奎，追追赶赶来到黄河边上。杨戬一见张奎追赶武王到来，忙将手中成钢符印烧了。也是仙家妙用，十里方圆土地变成钢铁般坚硬。子牙回头对张奎曰：“你城池已被吾军夺了，你夫人已做黄泉之鬼，你还在此耀武扬威？”张奎一听半信半疑，滚鞍下马，将身一扭，想遁土回去。哪知此土酷似铜墙铁壁，张奎使尽平身之力，也无法钻下土去。只听杨戬叫曰：“张奎往日地行之术，今日为何不灵了？”张奎闻言，心中大惊，又上马杀回县城。

唱　张奎上马杀回城／杨任喝声哪里行／催动胯下云霞兽／飞电枪摆把路横／张奎愤怒举刀砍／杨任长枪两相迎／刀砍顶门差半寸／枪刺咽喉欠几分／张奎心慌意又乱／杨任心间气又平／韦护提杵也上阵／帮助杨任来相争／张奎无奈将刀架／只想早早杀回城／韦护宝杵千斤重／哪容张奎半毫分／张奎心悬渑池县／不知夫人死与生／不能脱身只好拼／杀得满身大汗淋／胯下马匹脚一软／张奎滚落地埃尘／韦护奋力一宝杵／打得头破脑浆喷／灵魂封神台上去／尔后封为七煞星／子牙一见得了胜／陪同武王转回城／来到帅府才坐下／军士进府报事因／朝歌添兵守孟津／阻住六百诸侯兵／诸侯们孟津城外扎营寨／等候元帅大驾临／子牙闻报传下令／收买民船运大兵／不说子牙买船事／又表孟津守城人

白 孟津守城元帅，名叫袁洪，乃梅山上白猿，千年修炼而成。与蟒蛇精常昊、蜈蚣精吴龙、猪精朱士真、狗精戴礼、羊精杨显、牛精金大升等结为兄弟，号称梅山七怪。纣王在朝歌贴招贤榜招贤臣，袁洪、常昊、吴龙三人揭榜面圣，纣王钦封袁洪为守备大元帅，常昊、吴龙为左右先锋，领兵二十万守孟津咽喉之路，阻挡各路诸侯。

唱 不说袁洪兵阻路／又表子牙渡黄河／收买民船十万艘／过河费事一月多／才把黄河来渡过／各路诸侯来迎着／推举子牙为总帅／各路诸侯听调拨／子牙升帐当堂坐／各路贤侯听我说／今日我们去会阵／看一看孟津守将是如何／各路诸侯遵号令／带兵随后到城郭／子牙上了四不像／众家诸侯齐跟着／一直来到城门下／叫一声守城主将来会我／军士一见这阵仗／人喊马叫震山河／连忙跑进帅府内／元帅在上听我说／子牙城下来讨战／层层密密是兵戈／怕把城门来踏破／启禀元帅早定夺／袁洪一听微微笑／有吾在此怕什么／带领吴龙与常昊／跑响三声出城郭／一马冲来到阵上／见子牙兵马排开果然多

白 子牙见袁洪人马出城，上前问曰：“来者莫非是成汤守备大元帅袁洪么？”袁洪曰：“姜尚！你自称昆仑道德之士，为何犯上作乱？”子牙曰：“殷纣无道，天下离心，诸侯孟津大会，共讨无道昏君。你乃杯薪之水，怎救一车之火？”袁洪骂曰：“你乃渭水渔翁，只知河之深浅，在两军阵前，岂由你大放厥词？”问左右：“谁与我拿下姜尚？”左先锋常昊应曰：“末将愿往。”说罢，纵马摇枪，直冲过来。右伯侯姚庶良举手中斧架住，一场大战。

唱 常昊走马取姜尚 / 右边闪出姚庶良 / 大斧照着常昊砍 / 孟津城下摆战场 / 一个本是英雄将 / 一个是梅山一蛇王 / 枪来斧架叮当响 / 斧去枪迎冒火光 / 两马相交人奋勇 / 兵器举动斧对枪 / 儿郎喊杀震天响 / 争战之人双手忙 / 看看斗有三十合 / 常昊难敌姚庶良 / 虚晃一枪败下阵 / 庶良大叫哪里藏 / 拍马挥斧随后赶 / 常昊一见喜洋洋 / 原形一现大白蟒 / 连头带尾几丈长 / 一口毒雾来喷出 / 庶良中毒发昏章 / 人事不知滚下马 / 常昊起手就一枪 / 可叹马上英雄将 / 化作南柯梦一场 / 常昊下马取首级 / 走马转回袁洪旁 / 大叫姜尚睁眼看 / 这是诸侯姚庶良 / 恼了兖州彭祖寿 / 逆贼胆大逞凶狂 / 长枪一摆刺常昊 / 吴龙截住战一旁 / 一个长枪龙摆尾 / 吴龙双刀凤求凰 / 彭祖寿山东邳州称上将 / 这吴龙梅山蜈蚣修成精 / 这也是纣王荒淫宠妖怪 / 才惹得蛇虫猪羊乱朝纲 / 吴龙双刀月弄影 / 祖寿长枪龙过江 / 枪如长江风吹浪 / 又似蝴蝶戏海棠 / 这吴龙手忙脚乱难抵挡 / 勒转马头走得忙 / 祖寿催马来追赶 / 吴龙一见把口张 / 吐出黑烟伤祖寿 / 祖寿头昏眼难张 / 吴龙一刀挥两段 / 祖寿一命丧沙场

白 吴龙斩了彭祖寿，回马来到阵前，耀武扬威，大叫曰：“周营诸将！谁敢再来争战？”杨戬对哪吒曰：“吾观此三人，皆非正经人士。吾与你出战，看他们究竟是怎样伤人？”哪吒点头曰：“待吾出阵，先战吴龙。”说罢，蹬开风火轮，提火尖枪照吴龙刺来。吴龙双刀架住，一场争战。

唱 哪吒尖枪刺喉咙 / 吴龙刀架两相还 / 一个是梅山千年怪 / 一个是乾元一小仙 / 哪吒尖枪如雨点 / 吴龙双刀上下翻 / 杀得天昏并地暗 / 战得灰尘飞满天 / 两边军士齐呐喊 / 两位将军战犹酣 / 看看斗有七八合 / 哪吒心里不耐烦 / 祭起九龙神火罩 / 九龙吐火实非凡 / 吴龙一见事不好 / 化阵清风走如烟 / 常昊看见

吴龙败 / 长枪一摆冲上前 / 杨戬走马冲出阵 / 截住常昊战一边 / 一个八九玄功妙 / 一个口中吐毒涎 / 枪去燕子三抄水 / 刀来狂风倒卷帘 / 杨戬慧眼仔细看 / 一团黑雾把身缠 / 也是纣王行无道 / 牛鬼蛇神当将官 / 往来冲突八九合 / 杨戬弹弓发金丸 / 金丸打进妖雾里 / 常昊无伤仍嬉然 / 哪吒一见心大怒 / 蹬开火轮又上前 / 祭起九龙神火罩 / 要烧常昊这妖蛮 / 常昊一见事不好 / 化阵清风逃回关 / 袁洪看见二人败 / 镔铁棍一举冲上前 / 杨任催开云霞兽 / 飞电枪敌住战一番 / 杨任枪来如闪电 / 袁洪铁棍上下翻 / 杨任枪使三十路 / 袁洪棍使三十三 / 枪使白鹤把翅展 / 棍耍猿猴戏果玩 / 杨任取出五火扇 / 对着袁洪只一扇 / 袁洪见扇太厉害 / 化作长虹去无边 / 子牙无奈收兵转 / 看来又遇大麻烦 / 不表子牙心忧虑 / 另把两位高人谈

白 棋盘山上有两棵千年大树，一桃一柳，高有千丈，根长千里，受日月之精华，感天地之灵气，托轩辕庙中两泥塑小鬼之身，转变成人形。桃树取名高觉，柳树取名高明。高觉因树高千丈，能看千里，故有千里眼之称；高明因树根串千里，能听千里路之声音，故有顺风耳之名。弟兄二人见朝歌招贤，经飞廉引见纣王，钦封神武大将军，到袁洪军前听用。二人来到孟津，一见袁洪大笑曰：“原是梅山邻居在此挂帅。”袁洪一见二人，也抚掌笑曰：“原是故旧到来。此次擒子牙，建立不世之功，全仗二位高人了。”

唱 次日袁洪升军帐 / 便令高觉与高明 / 你弟兄周营去讨战 / 显显我等手段能 / 高觉高明领了令 / 各拿兵器出孟津 / 高觉手提宣花斧 / 高明画戟手内抡 / 弟兄来到周营外 / 大喝巡营小兵丁 / 快叫姜尚来会战 / 片刻不来要踏营 / 军士听得如此语 / 急急忙忙跑进营 / 来到中军双膝跪 / 遵声元帅你请听 / 营外来了两高汉 / 口口声声叫战争 / 子牙闻报开言问 / 哪位将军去出征 / 言还未定人答应 / 闪

出哪吒正先行 / 弟子不才情愿往 / 子牙一听心欢喜 / 哪吒蹬轮出营外 / 见二人相貌凶恶似天神

诗曰："面如蓝靛眼如灯，獠牙凸出口如盆。面上胡须如钢剑，身高二丈有余零。一个手提方天戟，一个板斧像车轮。棋盘山上桃柳怪，人称高觉与高明。"

白 哪吒看罢，蹬轮上前问曰："步行者何人？"高觉答曰："我弟兄乃纣王驾前神武大将军高觉、高明是也。今奉守备大元帅将令，特来擒拿姜尚。"哪吒闻言，大怒骂曰："孽畜！在吾眼前还敢口出不逊之言！"说罢，蹬开风火轮，提枪刺向二人。高觉、高明戟斧相迎，一场大战。

唱 哪吒战场怒气冲 / 尖枪摆动刺当胸 / 高觉提斧来架住 / 弟兄二人两夹攻 / 哪吒身经千百战 / 不把二人放心中 / 高觉斧砍泰山重 / 高明画戟似蛟龙 / 弟兄身高难转动 / 哪吒移动很轻松 / 看看斗有数十合 / 哪吒圈子抛空中 / 落来打在高觉顶门上 / 只打得金光迸出人无踪 / 哪吒又用神火罩 / 罩住高明用火攻 / 高明滚出罩中去 / 将身逃走化阵风 / 哪吒以为二人死 / 高奏凯歌转营中 / 进营来对元帅讲 / 阵上打死他两弟兄 / 子牙闻听心欢喜 / 又给哪吒记一功 / 正说之间人来报 / 高氏兄弟叫交锋 / 哪吒闻听不相信 / 莫非有人来冒充 / 子牙传令众兵将 / 一齐去会会高家两弟兄 / 各家诸侯一同往 / 见二人高似无常相貌凶

白 子牙见人二人凶恶，上前问曰："来者可是高觉、高明弟兄？"高觉答曰："老爷行不更名，坐不改姓，正是钦封神武大将军高觉、高明是也。"哪吒说：

“恐有人冒充。”高觉曰：“吾等这长相谁冒充得了？”子牙暗自疑曰：“哪吒在营中所说之话，他二人怎会知道？”即便答曰：“你弟兄既是从哪吒手中逃脱的高氏昆仲，那你们为何不明事理，相助独夫民贼，以阻挡天兵？”高觉、高明大怒骂曰：“渭水渔叟，犯上作乱，还自称天兵！”高觉手中持大斧，向子牙劈来。杨任飞电枪接住，一场拼杀。

唱 高觉大斧取子牙／杨任旁边接住他／高觉斧有磨盘大／杨任枪起掀浪花／杨任说你竟胆敢违天／高觉说你有眼无珠不识咱／一个是千年桃树风雨打／一个是忠臣受害反学法／两厢锣鸣并击鼓／兵丁儿郎喊声杀／一个学过枪路数／一个何曾练斧法／往来冲突三十合／杨任心中暗打划[1]／此人看来来头大／不用法宝难胜他／取出七禽五火扇／对着高觉使暗法／扇子轻轻扇几下／千度热风对着刮／高觉一见心害怕／化道长虹无影霞／高明看见心大怒／大步如飞来冲杀／李靖一见催战马／画戟一摆刺面颊／高明画戟来招架／两杆画戟放光华／一马上来一地下／画戟舞得人眼花／高明说你在陈塘官职大／为何反叛帝王家／李靖说纣王荒淫乱天下／贤臣择主理不差／你做逆贼来保驾／只怕一命染黄沙／往来冲杀数十合／李靖祭起黄金塔／高明一见塔落下／化阵清风走无涯

白 袁洪、吴龙、常昊正在城楼观战，见高觉、高明败走，袁洪对吴龙、常昊曰：“你二人快去接应，吾随后就来。”吴龙、常昊领令，手提兵器冲出城来，大叫：“不要放走姜尚！”哪吒蹬开风火轮，使火尖枪敌住吴龙，杨戬用三尖刀战住常昊。

① 暗打划：心里盘算。

唱　吴龙拍马来冲阵 / 哪吒蹬开风火轮 / 吴龙说吾知你的宝贝狠 / 只是无法伤我们 / 哪吒说上次逃脱是侥幸 / 这次想逃万不能 / 吴龙双刀上下砍 / 哪吒尖枪似飞腾 / 哪吒心中暗盘算 / 这次用宝暗算行 / 用手取出神火罩 / 罩住吴龙马和人 / 用手罩上只一拍 / 九龙吐火火焰明 / 电闪照着吴龙去 / 只见一缕青烟升 / 哪吒定睛仔细看 / 只烧死马来未烧人 / 杨戬敌住常昊战 / 枪刀相碰冒火星 / 三尖两刃刀飞快 / 常昊长枪似流星 / 也是殷纣该亡命 / 二郎神大战蟒蛇精 / 杨戬心中暗思想 / 金丸不能伤他身 / 这次我放哮天犬 / 看他是否跑得成 / 想罢放出哮天犬 / 摇头摆尾来咬人 / 常昊看见神犬勇 / 化阵清风不见形 / 袁洪手提镔铁棍 / 拍马舞棍冲中军 / 韦护提杵来抵住 / 雷震子展开双翅上青云 / 袁洪敌住二人战 / 挡杵搪棍多分心 / 镔铁棍碰黄金棍 / 响声震得耳朵疼 / 袁洪心中暗思想 / 周营果然多能人 / 韦护祭起降魔杵 / 霞光万道鬼神惊 / 袁洪深知杵厉害 / 化阵长虹转孟津 / 宝杵只将马打死 / 此一战未伤孟津一个人 / 子牙只得收兵转 / 闷闷不乐忧在心 / 杨戬上前把话论 / 尊声师叔你且听 / 前次大会万仙阵 / 吾在临潼问师尊 / 我师说孟津要有重兵阻 / 又有梅山七妖精 / 这几日弟子仔细来观阵 / 没有一个正经人 / 子牙说吾布九宫八卦阵 / 狗血大粪淋他们 / 沾着污秽妖气散 / 就能制服这些人

白　子牙令众人准备猪狗血粪等污物。又令："李靖守南方，韦护守西方，杨戬守北方，雷震子守东方。吾自引诱敌人入阵，你们将污血泼下，吾发雷镇住妖邪，韦护用降魔杵将其一一打死。"布置完毕，众人分头准备停当，各守其位。次日，子牙出营诱敌。这里布置之事，高觉看得清，高明听得明，对袁洪曰："元帅！姜尚布下九宫八卦之阵，以待吾等。"袁洪曰："区区小阵，何惧之有！"正说之间，军士来报曰："姜尚讨战。"高觉、高明曰："待我弟兄会他。"说罢，手提兵器，冲出城来。

唱 高觉高明出孟津 / 一见子牙笑嘻嘻 / 你布下九宫八卦阵 / 还有粪便猪狗血 / 埋伏四人守方位 / 我们进阵你发雷 / 我弟兄偏偏不怕你 / 偏要进阵看分明 / 说罢提斧当头砍 / 武吉枪架战一推 / 南宫提刀杀出去 / 高明摆动手中戟 / 子牙暗暗叹口气 / 布阵之事很保密 / 为何他们全知底 / 拿住此人定不依 / 想罢催骑进阵去 / 武吉南宫紧相随 / 高觉高明不放弃 / 放开大步随后追 / 高觉高明追进阵 / 子牙发出掌心雷 / 猪血狗血泼一地 / 污秽之物满天飞 / 高觉高明叫声起 / 化阵清风把城回 / 众人完全看仔细 / 又是无功空费力 / 子牙收兵转营内 / 怒气冲天把桌拍 / 我周营不幸出奸细 / 高氏兄弟全知机 / 杨戬说师叔不必来动气 / 听我把话说明白 / 将士们全是好兄弟 / 无有一人会投敌 / 此事看来要摸底 / 吾去不久就可回 / 说罢出营就借遁 / 回山去请求师父说玄机 / 按下遁光进洞内 / 玉鼎说吾已知你要说谁 / 事已写在纸上面 / 按计而行你快回 / 杨戬拜辞出洞府 / 借遁顷刻把营归 / 进营来把元帅见 / 献上师父策与计 / 子牙接来看一遍 / 吩咐照办莫迟疑

白 子牙看了玉鼎真人写的高觉、高明的来历，以及制服这两个孽畜的办法，写成两个锦囊，叫李靖和雷震子曰：“各领一个锦囊，按计而行。”

唱 李靖拆开锦囊看 / 叫我带领三千兵 / 将棋盘山上桃柳两棵树 / 砍倒在地又挖根 / 架起大火来烧尽 / 完成之后收回兵 / 雷震拆开锦囊看 / 叫我速到轩辕坟 / 坟边有座轩辕庙 / 泥塑小鬼有两名 / 将两个小鬼泥身来打碎 / 办完之后速回程 / 两人领了元帅令 / 各人照计去实行 / 不说这里安排事 / 又表高觉与高明 / 高觉说为何我的眼睛浑 / 十步之内也看不清 / 高明说我的耳朵嗡嗡叫 / 十步讲话也听不清 / 二人正在来谈论 / 袁洪升帐把令行 / 高觉高明来听令 / 今夜三更去劫营 / 吴龙常昊第二队 / 只听炮响冲左营 / 袁洪自己为三队 / 专冲姜尚大本营 / 鲁

成杰与殷成秀／往来接应各路兵／不说袁洪安排定／又表子牙坐中军／李靖雷震来交令／子牙一听心欢喜／军士进营又来禀／郑伦催粮到营门／子牙传令快请进／进来郑伦拜在尘／子牙说将军运粮多辛苦／凌烟阁上永垂名／正说之间风声紧／一阵大风吹来临／风折旗杆为两段／子牙袖内掐指明／袁洪今晚偷营寨／设下埋伏等贼人／要知袁洪劫营事／请阅下章便知情

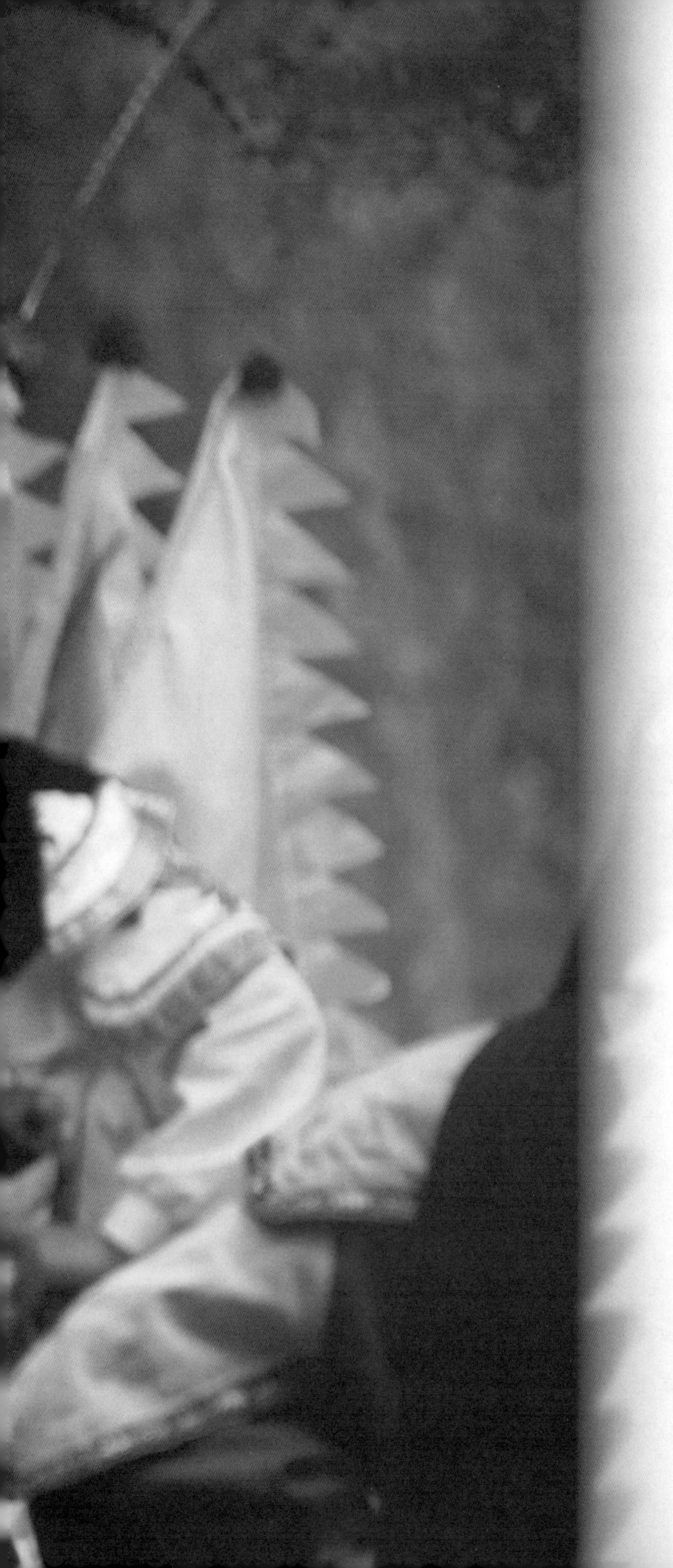

第十一章 蟠龙岭烧邬文化 杨戬哪吒收七圣

唱 东面埋伏是李靖 / 南面哪吒领雄兵 / 西面埋伏是杨戬 / 雷震子埋伏在北营 / 子牙披发法台上 / 韦护杨戬守中军 / 布下天罗与地网 / 只等飞蛾来扑灯 / 只听谯楼三更鼓 / 高觉高明闯进营 / 李靖截住高觉战 / 雷震子飞来战高明 / 灯笼火把如白昼 / 营中处处喊杀声 / 高觉高明失灵性 / 只得苦苦来相拼 / 往来冲杀多一会 / 子牙台上把法行 / 踏罡布斗阴云起 / 五雷阵发惊杀人 / 子牙打神鞭祭起 / 打了高觉打高明 / 神鞭乃是元始宝 / 二人倒地赴幽冥 / 子牙留神仔细看 / 原是桃柳树两根 / 子牙才把将台下 / 吴龙常昊杀来临 / 韦护抵住吴龙战 / 哪吒常昊大交兵 / 吴龙看见二高死 / 脸发毛来心发惊 / 韦护祭起降魔杵 / 吴龙化阵清风去逃生 / 常昊正与哪吒战 / 见吴龙化阵清风逃出营 / 我若不走要丧命 / 忙化青烟去无形 / 袁洪杀进中军帐 / 杨任拍兽到来临 / 紫电枪搪住镔铁棍 / 上大夫战住白猿精 / 袁洪梅山称首领 / 七十二变法术精 / 今晚劫营成泡影 / 不由袁洪怒生嗔 / 变个假人战杨任 / 泥丸宫内走真身 / 袁洪绕到杨任后 / 奋起一棍下无情 / 也是上天来注定 / 杨任一命见阎君 / 可叹中年才学道 / 未过孟津就归阴 / 袁洪急忙出营外 / 带领兵丁转回程 / 不表袁洪回城内 / 又表子牙收了兵

白 子牙收兵，在中军坐下，见丧了杨任，心中好生不乐，杨戬上前曰："师叔！今晚弟子一旁观战，见吴龙、常昊、袁洪皆有妖气护体，但不知是何物成精，不好收服。待弟子前往终南山云中子师伯处，借照妖镜一看便知分晓。"子牙曰："袁洪能伤杨任，本领高强，你速去速回。"杨戬领令，出营驾遁，往终南山而去。

唱 杨戬借遁来得快 / 飘飘落在终南山 / 玉柱洞内把师伯拜 / 云中子一见便开言 / 杨戬呀可是孟津遇七怪 / 不知是何物转人间 / 可把照妖镜拿去 / 帮助子牙收妖仙 / 杨戬将镜接在手 / 叩谢师伯出洞前 / 出洞忙把土遁驾 / 一时三刻转回

还 / 进帐来把师叔见 / 师伯说梅山七怪来阻拦 / 明日战场来相见 / 吾照便能知端的 / 次日子牙升军帐 / 传齐大小众将官 / 今日城下去讨战 / 务要建功转回还 / 子牙上了四不像 / 众人跟随在后边 / 一直来到城下面 / 喝声袁洪贼子快来把刀餐 / 军士跑进帅府内 / 尊声元帅请听言 / 子牙亲自来讨战 / 袁洪一听心愁烦 / 昨晚劫营功未建 / 反折高氏二魁元 / 今日与他来决战 / 众将奋勇杀上前 / 袁洪跳上白龙马 / 吴龙常昊在两边 / 还有雷开殷破败 / 放炮开关到阵前

白 子牙见袁洪人马出城，列成阵式，上前曰："袁洪！你仗高氏弟兄、吴龙、常昊等妖邪之辈，阻挡众多诸侯，上拂天意，下逆民心，恐你死无葬身之地也！"袁洪骂曰："钓鱼匹夫！你无端兴兵进犯，尚用天意民心之谎言，以淆视听。常昊先行，与我拿下姜尚。"常昊领令，拍马舞刀，直取子牙。杨戬走马上前接住，一场拼斗。

唱 杨戬走马敌常昊 / 二人战场刀对刀 / 一个是千年苦炼修人道 / 一个是肉身成圣上九霄 / 这一个梅山上面尝百草 / 这一个玉泉山上法力高 / 这杨戬要玩劫数成正道 / 这常昊阻碍周兵犯天条 / 往来战有八九合 / 常昊拨马往回逃 / 杨戬催马随后赶 / 犹如暴雨打芭蕉 / 常昊浑身黑雾罩 / 口吐毒涎往外飙 / 杨戬取出照妖镜 / 见镜里现出白蛇一大条 / 杨戬将身来变化 / 变条蜈蚣口如刀 / 一口照着七寸咬 / 一夹两段血如潮 / 霎时黑雾全散了 / 杨戬舌上补几刀 / 杨戬走马回阵上 / 吴龙一见全明了 / 丧吾兄弟真可恼 / 把刀一拍举双刀 / 提刀照着杨戬砍 / 哪吒接住把兵交 / 刀来好似龙戏水 / 枪去犹如虎跳槽 / 一个乾元修仙道 / 一个梅山蜈蚣妖 / 吴龙说哪吒你从小不尽孝 / 追杀你父到处逃 / 哪吒说儿时之事管不了 / 倒是你恶贯满盈挨千刀 / 看看战上十数合 / 吴龙拨马走荒郊 / 哪吒蹬轮才要

赶／杨戬说让我照他是何妖／杨戬催马来追赶／吴龙看见喜眉梢／忙把毒雾来喷出／藏在雾中看根苗／杨戬取出镜子照／原是蜈蚣一大条／杨戬摇身来变化／变只雄鸡飞得高／嘴啄蜈蚣成两段／吴龙一命赴阴曹／一时云开雾散了／袁洪一见怒火烧／催马提棍冲出阵／哪吒尖枪不相饶／这袁洪千年白猿修成道／变化无穷法力高／袁洪铁棍如捶草／哪吒尖枪如雨浇／哪吒祭起千年神火罩／九龙张嘴吐火苗／袁洪一见事不好／化道白光似风飘／子牙一见得了胜／鸣锣收转众英豪

白　袁洪回帅府坐下，见梅山同来的吴龙、常昊已命丧疆场，心中实为伤感。忽有军士来报："朝歌来一大汉，是奉旨前来元帅帐前听调。"袁洪令请进来相见。大汉闻言，来到府中，倒身下拜。袁洪问道："壮士尊姓大名，何处人氏？"大汉答曰："吾叫邬文化，莱州府人，见纣王张榜求贤，以退周兵，吾揭榜见驾，封为威武大将军，来元帅帐前效力。"袁洪大喜曰："有将军协助，何愁周兵不灭？"

唱　一夜晚景休提谈／金鸡高唱五更天／次日文化吃早饭／一顿吃米三斗三／吃罢来与袁洪讲／末将见阵走一番／袁洪说将军使用啥兵器／文化说我用几棵光树干／几根树干连成片／扫着一下命难全／袁洪知他是莽汉／将军啊多打几个贼将玩／文化来到周营外／军士一见心胆寒／跑进中军来禀报／营外来个大痴憨／看他身长有数丈／草鞋很像两只船／子牙众人齐来看／果然是个大男蛮／子牙说哪位敢去与他战／龙须虎闪出跪面前／弟子去会这莽汉／看他力气有若干／迈步来到战场上／抬起头来往上观

白　龙须虎问曰："来者是谁？通下名来。"邬文化低头一看，是个非人非怪的独脚东西，急忙答曰："吾乃纣王驾下威武大将军邬文化是也。你是个什么东西，也来上阵？”龙须虎曰：“吾乃扫荡成汤天保大元帅的门徒龙须虎是也。”邬文化笑曰：“人说姜尚是昆仑道德之士，为何收此怪物为徒？”龙须虎闻言大怒，发一磨盘石打来。邬文化用排木架过，一场大战。

唱　文化使的排耙木／少说也有五百六／排木下面铁钉子／挨着一下命呜呼／须虎跳前又跳后／铺头盖脸几石头／文化身高难转动／两个莽汉拼功夫／磨盘石头如雨点／文化脚杆血冒出／文化一见心大怒／排木钉耙乱管入[①]／一耙打在泥土上／钉子陷进二尺六／文化用力扯耙子／身上又挨几石头／无奈只好败下阵／两脚全被鲜血糊／进府来把元帅见／袁洪一见气呼呼／今日出战就失利／以后还有何面目／文化说元帅不必来生怒／在今晚我去劫营把气出／袁洪听罢心大喜／忙取丹药把脚敷／一时三刻止住痛／邬文化感激元帅来帮扶／谯楼打罢三更鼓／邬文化偷偷把城出／袁洪跟在大汉后／暗使妖法助莽夫／月色无光阴云布／周营漆黑灯光无／邬文化一耙将营门来打破／东西南北任冲突／东一下来西一下／打得儿郎满营哭／周营一时便大乱／四方八面堆白骨／可惜死坏龙须虎／中了文化一耙木

白　邬文化杀进营来，周营毫无准备，一时间满营混乱，呼兄唤弟，觅子寻爷，互相践踏，死者不计其数。四贤八俊，保护武王，往其他诸侯处避难。袁洪在后面作法，不知有多少人杀进营来。邬文化杀进中军，见人就打，见房就推。众将被兵丁拥挤，无法挨近邬文化，只好跟着逃命之人窜走。邬文化杀得兴起，杀往后营屯粮之处而来。这里是杨戬把守，杨戬急中生智，变个比邬文化更高大的人挡住邬文化的去路。但见得，有诗为证。

① 乱管入：拿着乱打。

诗曰："头有城门大，二目似水缸。鼻孔像水桶，门牙扁担长。胡须似竹笋，口内吐金光。大叫邬文化，与吾战一场。"

唱 文化抬起头来看 / 叫声哎呀我的天 / 这人比我高几丈 / 拿的钉耙重如山 / 哪敢和他去争战 / 倒拖钉耙一溜烟 / 杨戬随后来追赶 / 一直追到营外边 / 袁洪正在来督战 / 杨戬一见怒冲冠 / 原是你这猴头来唆使 / 莽汉才敢踏营盘 / 三尖刀子当头砍 / 袁洪铁棍两相还 / 一个是梅山群妖首 / 一个肉体列仙班 / 两个都能随心变 / 袁洪心地极贪婪 / 杨戬无心来恋战 / 牵挂满营众将官 / 随手放出哮天犬 / 张牙舞爪奔猴山 / 袁洪一见是神犬 / 化道长虹转回还

白 杨戬回营来见师叔，子牙曰："是吾未曾防备，才使邬文化偷营得逞。吾营中损兵折将多人，贼莽汉不除，吾一日不安。前日，吾见孟津城南六十里，有一蟠龙岭，地势险峻，若将邬文化引到此处，断其路口，以火攻之，邬贼可除。"便令南宫适、武吉领三千人马，准备引火之物，在蟠龙岭埋伏。二人领令，各自准备而去。

唱 杨戬领了师叔令 / 变一个子牙武王在营门 / 手指孟津来议论 / 这里城矮好进兵 / 军士一见忙去禀 / 武王子牙偷看城 / 文化听见心高兴 / 待吾出去把他擒 / 大步流星出城外 / 果是武王君臣们 / 二人一见邬文化 / 勒转马头往南行 / 文化大步来追赶 / 马上步下比脚程 / 子牙假装来哀告 / 开言叫声邬将军 / 你放我君臣转回去 / 黄金白银谢将军 / 我君臣转回西岐去 / 从此不敢犯朝廷 / 文化闻言哈哈笑 / 要放你们万不能 / 武王子牙又逃走 / 文化大步随后跟 / 紧追慢赶来得

快／蟠龙岭在面前存／武王子牙进岭去／文化一见喜十分／只有一条独路口／四面尽是大山林／待吾紧紧追进去／难道你会上天庭／文化赶到岭中去／四处寻找不见人／只听一声号炮响／檑木滚石打来临／路口已被石阻断／埋下火炮一起鸣／干柴树木起大火／浓烟滚滚惊鬼神／可怜大汉邬文化／被烧得面目全非命归阴／杨戬急忙把身现／与南宫武吉转回营／进营来对元帅讲／子牙一听喜在心／不说这里全得胜／又表袁洪在孟津／打听烧死邬文化／不由心中似火焚／梅山还有四兄弟／为何还不到来临／正在帐中来思念／军士进来报事因／城外来了一道者／自称叫作朱子真／袁洪听说叫请进／进来子真把礼行／袁洪假装开言问／你哪座名山去修行／子真说梅山旁边乌龙洞／贫道坐禅念真经／闻听诸侯来作乱／来助元帅把乱平／次日子真禀元帅／贫道今日去出征／说罢提剑出城去／大叫子牙来交兵／军士听得忙去禀／道人讨战在营门／子牙听说是道者／众将随我去出征／子牙上了四不像／众将跟随出了营／一齐来到战场上／见一道长面狰狞／漆黑道袍足蹬履／大耳长唇满口须

白　子牙看罢，催骑上前问曰："道者何人，来此何事？"朱子真曰："吾乃梅山炼气士朱子真是也。只因你扰乱天下，苦害生灵，故特来拿你昭示天下。"子牙笑曰："你既然修炼，为何不知天意，反助无道昏君？倘若战场失利，岂不枉你千年修为？"朱子真大怒，仗剑来取子牙。旁有南伯侯副将余忠拍马舞狼牙棒架住，一场大战。

唱　子真战场怒冲冲／提剑来取姜太公／余忠狼牙棒舞动／剑来棒架两交锋／一个梅山猪精怪／一个南方称英雄／步马相交剑棒举／大战龙潭虎穴中／两边打起催战鼓／儿郎喊杀震长空／看看斗有三十合／朱子真虚晃一剑走匆匆／余

忠大喝哪里走 / 催马随后来跟踪 / 子真见贼赶得紧 / 妖雾裹身现真容 / 余忠随后来赶到 / 见一条巨大野猪露牙锋 / 把余忠一口咬来成两段 / 可怜他半世英雄一场空 / 朱子真把法相来收了 / 回到战场气势凶 / 大叫一声老姜尚 / 快派能将来交锋 / 杨戬三尖刀舞动 / 大喝妖道少逞雄 / 尖刀照着道人砍 / 道人剑架两相还 / 剑砍刀来刀砍剑 / 刀剑相碰火焰冲 / 道人骂声贼杨戬 / 杀我多少师弟兄 / 今日正好遇着你 / 为我道门立一功 / 杨戬闻言微微笑 / 只怕你今日命寿终 / 看看战上十几合 / 朱子真大步走如风 / 杨戬催马来追赶 / 雨打残花一般同 / 子真张嘴吐妖雾 / 将身隐藏妖雾中 / 杨戬取出照妖镜 / 对着妖雾看从容 / 原是一只拱头子 / 全身漆黑鬃如锋 / 杨戬缓缓来走近 / 朱子真将杨戬一嘴含口中 / 还未嚼碎就吞下肚 / 子真高兴得成功

白 朱子真吃了杨戬，心中万分高兴，收兵回转孟津，见袁洪元帅曰：“吾斩了余忠，吞了杨戬。”袁洪闻言贺曰：“道长，除了杨戬，去吾一块心病。”吩咐左右，置酒庆贺。正饮之间，军士来报：“外有一壮士求见。”袁洪令请来。进来一位壮士，袁洪、朱子真一看，是杨显到了。为掩人耳目，袁洪假装问曰：“壮士何名，家居何处？”杨显曰：“吾乃梅山人氏，姓杨名显，与元帅同乡。”袁洪大喜，饮酒已毕，各归寝帐。朱子真才走出府门，只听肚中有人讲话，朱子真问曰：“你是何人？”杨戬曰：“孽畜！吾乃杨戬是也。吾在你腹内，用你心肝肠子欢度终日。”说罢，一捏朱子真心肺，痛得朱子真满地打滚，口称：“大仙饶命！”杨戬曰：“既要吾饶命，速现原形，跑到周营，听候发落。”朱子真不敢违抗，就地一滚，现出猪像，拼命往周营跑去。守城军士阻拦不住，只好报与元帅。袁洪闻报，知是杨戬作弄，假装不知，由他便了。

唱　子牙与诸侯商量策／听说士兵报怪情／命令将肥猪带到前／未料奇异在殿门／肥猪喉内滚一团／竟是杨戬显真身／子牙见此心欢喜／命将朱子真斩首献／城门高挂示众生

白　袁洪谓杨显曰："似此露出本相，成何体面！把吾辈在梅山千年道术，一代英名，俱成画饼，岂不愧哉！誓不与姜尚干休！"杨显曰："杨戬他恃自己有变化之术，不意朱子真误中奸计，若不复此恨岂能再立于人世！"二人正彼此痛恨，忽辕门官报入中军："启元帅，门外有人自称元帅兄弟，请令定夺。"袁洪忙出辕门，一见大喜。来人正是梅山七怪之狗精戴礼，闻袁洪征战，故不辞千里之远，特来效劳。袁洪与众将曰："今日得贤弟，定然与姜子牙决一雌雄。"随传令："放炮呐喊。"三军排队伍出营，请子牙答话。周营军政司报人中军："启元帅，有袁洪喊战。"

唱　子牙随带诸将出营门／见袁洪走马在军前／子牙道来教袁洪／不知天意杀将凶／袁洪笑言夸自己／子牙今日必难归／召左右问谁捉贼／杨显呼言擒此贼／子牙望见其貌新／白面长须头有角／杨显冲来意气深／子牙急命戬出战／梅山妖孽今来毙／刀戟一出杀意浓／杨显摇戟与戬战／火光闪烁在战场／二将正在争战间／戴礼使刀冲上前／大叫兄长我来助／打得杨戬退连连／哪吒一见不得了／火轮一蹬声震天／使枪与戴礼相挡／阻得戴礼不能狂／交战声势震四方／杨显逃脱计已谋／杨戬奋力继续战／终于一战妖精伤／羊头被杨戬割掉／戴礼一见心发狂／红珠吐出意伤人／哪吒一见来势凶／稍退下阵心已急／戬来助战勇气旺／一刀砍下狗首落／可叹狗怪最终亡

白 不表子牙心更壮，且说袁洪回至中军，又见杨显、戴礼兄弟二人被戮，嚎啕大哭。众将交头接耳，纷纷议论，十分没趣。忽辕门官来报："启元帅，辕门外有一大将求见。"来者又是牛怪，用三尖刀，力大无穷，今来助袁洪，俱是梅山七怪之数。袁洪设酒管待。次日，金大升上了独角兽，提三尖刀，至周营搦战哨马报入中军："启禀元帅，成汤营有一大将请战。"子牙对众将问曰："谁见阵走一遭？"言未毕，杨戬出而言曰："末将愿往。"

出城后，杨戬问曰："来将可是金大升么？"金大升曰："既知吾名，还不下马受缚，更待何时？"杨戬大怒骂曰："今日不斩你这孽畜，暂不回兵！"说罢，拍马舞刀，直取大升。金大升刀架相还，一场大战。

唱 杨戬战场怒不休／三尖刀举刺咽喉／大升尖刀来抵住／二人大战在荒丘／兽马相交双刀举／儿郎喊杀鬼神愁／大升说吾知你八九玄功妙／只怕你身未变化已掉头／杨戬说你这孽畜休夸口／只怕你今日难逃一命休／只杀得树上飞鸟齐逃走／只战得河里鱼儿顺水游／看看斗有十数合／金大升一计上心头／自古打人先下手／久战机会再难求／张嘴牛黄喷出口／黄光电闪打咽喉／杨戬化道金光走／盘算着如何擒拿这孽畜／金大升喝声哪里走／拍兽追赶不停留／追追赶赶来得快／前面出现一彩楼／青衣女童唤杨戬／娘娘在此把妖收／杨戬进内倒身拜／愿娘娘圣寿无疆万万秋／女娲说他是梅山第六怪／大升是条大水牛／便把伏妖索抛下／童儿去把妖孽收／女童出门来拦路／大升一见火撞头／尖刀照着女童砍／青衣童袍袖一展把刀收／大升回头才要走／伏妖索落来穿在鼻子头／黄巾力士铜锤打／金大升就地一滚现水牛／女娲说杨戬你牵往周营去／在梅山我再助你擒猿猴

白　杨戬拜谢娘娘帮助收了牛怪，娘娘銮驾回宫，杨戬牵牛回转周营。子牙与众诸侯正在营门张望，见杨戬牵条水牛回来，忙问其故。杨戬将娘娘收服牛怪之事说了一遍，众皆大喜。子牙令南宫适将牛斩首。南宫适领令，手起刀落，将牛头砍下。子牙曰："梅山七怪，已服其六，只剩袁洪一怪也！"便传令众家诸侯，今晚同时攻打孟津。雷震子、哪吒飞上城楼，斩关落锁，放众诸侯进城。

唱　子牙吩咐安排定／只等夜晚三更天／营中正鼓敲三点／子牙人马出营盘／南侯鄂顺攻南面／进攻北门崇应銮／哪吒蹬轮飞城上／雷震子展开双翅飞进关／守城军士齐杀散／开城放进众魁元／众将进城乱杀砍／汤营士兵喊连天／血流成河场景惨／城内白骨堆成山／杨戬杀进元帅府／袁洪提棍来阻拦／袁洪大骂贼杨戬／老爷跟你没有完／杨戬说妖猴你临死还狂啥／砍你猴头在今天／一个梅山称首领／一个学法玉泉山／两人玄功九转都会变／杨戬机智更领先／三尖刀对着镔铁棍／灯火高照像白天／袁洪人马二十万／不想一夜全被歼／袁洪心急原身现／起在空中仔细观／对准杨戬一棍打／打得火星飞满天／杨戬也来显手段／变个假的战白猿／真身起在半空里／刀砍袁洪太阳间／刀砍头上一白点／两人真身在云端／袁洪心中暗盘算／要胜杨戬难上难／不如败阵引他赶／一直引他上梅山／那时千万小猴齐来战／他杨戬道法再高也要完／虚晃一枪败阵走／化阵清风上梅山

白　杨戬见袁洪化阵清风而逃，当即化金光追赶而去。追赶之间，忽然不见袁洪身影，只见路边一怪石，长得稀奇。杨戬慧眼一看，见是袁洪所化，即变个石匠，提锤钻来凿怪石。袁洪一惊，化阵清风而去。双方变些相生相克之物，鱼虫怪兽，各尽所能。袁洪所变，皆被杨戬识破，变些相克之物来破袁洪。袁洪无奈，径往梅山巢穴而去。

唱 洪败阵转巢头／开言便叫众小猴／快些走到独路口／拿住杨戬把筋抽／众猴领了大王令／各提棍棒雄赳赳／少说也有千把个／围住杨戬棍乱抽／有的抱脚又抱手／打头打脑把鼻抠／杨戬实实无可奈／化阵清风就回头／正在梅山忙忙走／但见祥云霭霭仙乐悠／女娲娘娘圣驾到／杨戬双膝跪荒丘／娘娘说梅山七怪恶贯满／吾赐你山河社稷图／你到梅山把图抖／只等时机拴猴头／杨戬接得图在手／拜谢娘娘进山沟／忙把山河社稷图来抖／隐身树后看根由

白 袁洪见数千小猴将杨戬打败，心中大喜，走出洞来，到山上瞭望，不见杨戬踪影。袁洪放心走来，不觉上了山河社稷图。想山有山，想水有水，肚中饥饿，想仙桃充饥，突然面前桃枝挂果，鲜红无比。袁洪摘一个吃了，依松靠石而坐，只见杨戬仗剑而来，袁洪起身迎敌。不知怎的，竟站不起来。杨戬大喝一声，用缚妖索将袁洪捆起，收了山河社稷图，往孟津而来。

唱 杨戬收了社稷图／仙索捆绑妖袁洪／急往孟津城内走／一时三刻到城头／进府来把师叔见／从头一二说根由／承蒙娘娘来相助／社稷图上擒妖猴／子牙闻言心中喜／梅山七怪一齐收／便令两旁刀斧手／城外斩下这猴头／军士推出城外面／刀砍猴头落荒丘／只见一股青烟起／脖子上又长一个头／一连砍头六七个／随砍随长令人忧／军士一见吓呆了／进府与元帅说根由／子牙闻言点头叹／袁洪法术算一流／随令左右排香案／帐中取出一葫芦／双手揭开葫芦

盖 / 飞出白线细纠纠 / 子牙连忙打一躬 / 宝贝快快把妖除 / 白光绕着猴头转 / 白猿妖头落 / 尸倒命呜呼 / 子牙说陆压老师来传授 / 他说是攻打朝歌有用途 / 众诸侯一见袁洪死 / 欢呼之声震城楼 / 不说孟津得胜事 / 又表金木二吒助姜侯

第十二章　金吒计取游魂关　摘星楼纣王自焚

白 金木二吒领了将令，带了三千人马，往游魂关而来。行程非止一日，来到野马冲，此地离游魂关三十里路程，东伯侯姜文焕派大将马兆在此迎候。金木二吒与马兆见礼毕，金吒曰："烦将军将人马带到姜君侯营中，我弟兄二人扮作游方道人，混入关中，骗取窦荣信任，以便相机取关。"马兆闻言，拜谢二人，带领人马自回营中去了。

唱 不说马兆回营转 / 又把金木二吒言 / 二人乔装来打扮 / 装成云游二道仙 / 游山玩水观景致 / 慢慢来到游魂关 / 开言便把军士叫 / 烦你去对关主谈 / 蓬莱道者来求见 / 要对关主有话言 / 军士急忙跑进府 / 老爷你请听端的 / 城外有人来求见 / 要见老爷有话言 / 窦荣闻报说请进 / 二人进府把礼参 / 窦荣说哪座名山何洞府 / 有何贵干到此间 / 金吒说孙德徐仁师兄弟 / 蓬莱岛上坐蒲团 / 可恨贼子姜文焕 / 东边叛乱十几年 / 纵容兵士乱杀砍 / 吾父兄不愿叛乱受摧残 / 因此来把元帅见 / 报仇雪恨我当先 / 窦荣听罢不言语 / 姚忠一旁来插言 / 元帅不可来轻信 / 犹恐中了巧机关 / 若是姜尚来派遣 / 那时后悔也枉然 / 金吒闻言哈哈笑 / 我一片苦情江水寒 / 后悔不听师弟劝 / 错把野花当牡丹 / 你我快到孟津去 / 去与周兵战一番 / 那时也好把名显 / 免得在此讨人嫌 / 说罢二人同站起 / 迈开大步要出关 / 窦荣一把来拉住 / 尊声道长听我言 / 姚忠刚才说笑话 / 道长何必挂心间 / 此关还靠两道长 / 擒拿反贼见圣颜

白 金木二吒化名孙德、徐仁，骗过窦荣，在游魂关住了下来。次日，军士来报："启禀老爷！关外有贼讨战。"孙德在旁曰："贫道愿往会贼。"窦荣大喜，孙德仗剑出城，窦荣在城楼上观战。孙德出城来到战场，一见是马兆，假意大喝曰："来将通下名来。"马兆答曰："某乃东伯侯麾下大将马兆是也。对方妖道也通名来，老爷刀下不斩无名之鬼。"孙德曰："贫道乃蓬莱炼气士孙德是也。姜文焕杀我父兄之仇不共戴天，快叫姜文焕出来会我。"马兆闻言，心中大怒，纵马舞刀，直取孙德。孙德剑架相还，一场大战。

唱　马兆提刀砍胸膛 / 孙德宝剑架一旁 / 刀来剑架叮当响 / 马上步下两忙忙 / 一个马上称上将 / 一个蓬莱炼丹黄 / 刀使蝴蝶穿花舞 / 剑使蜜蜂戏海棠 / 刀使泰山来压顶 / 剑使穿方架金梁 / 看看斗有数十合 / 孙德祭起遁龙桩 / 三个金钱往上晃 / 落将下来非寻常 / 浑身上下来装住 / 马兆倒进遁龙桩 / 军士上前用绳绑 / 得胜鼓打转关防 / 进府来把主帅见 / 活禽马兆在府堂 / 窦荣吩咐推进帐 / 马兆不跪气昂昂 / 窦荣说逆贼今天被擒住 / 还不求饶为哪桩 / 马兆说吾被你妖术来擒住 / 就是砍头又何妨 / 窦荣吩咐推去斩 / 孙德说不如暂押在牢房 / 等把反贼全擒住 / 解上朝歌见纣王 / 那时元帅声名显 / 加官晋爵永留芳 / 窦荣听说言有理 / 快押马兆进班房 / 不说这里得胜事 / 又表败军回营房 / 进营来对东侯讲 / 马兆失机在战场 / 文焕闻言微微笑 / 心知这是假名堂

白　东伯侯姜文焕见马兆被擒，为不走漏消息，假意大喝曰："何方妖道！敢擒吾大将，待吾亲自出马，誓擒此妖人碎尸万段，替马将军报仇。"说罢，手提宝刀，胯下青鬃马，金甲金铠，往关下而来。来到战场，大呼曰："何方妖道！敢在此撒野！"军士报进府来："启禀元帅！姜文焕亲自前来讨战，声称要为马兆报仇。"窦荣一听，对孙德、徐仁曰："今日是姜文焕亲自出马，二位仙长务要擒此贼首。"孙德、徐仁听说，双双提剑在手，大步出城而来。

唱 孙德徐仁出城看／看见一将实非凡／金甲金铠耀人眼／大红战袍身上穿／胯下走阵青鬃马／鱼鳞金刀两手端／左弯弓来右插箭／鞍桥下面放钢鞭／金吒心中暗夸赞／果然好个将魁元／大步上前假意骂／吾与你仇恨不共天／文焕一见两道者／何处妖道来逞强／昨日擒我先锋将／今日要你命来还／说罢提刀当头砍／孙德剑架两相还／掩人耳目是假戏／敌楼上窦荣正在仔细观／假戏还得来真做／刀剑相碰冒火烟／刀使燕子三抄水／剑使珍珠倒卷帘／刀使大鹏把翅展／剑使白鹤落沙滩／杀得天昏并地暗／战得山崩海水翻／两边儿郎齐呐喊／战鼓咚咚震九天／看看斗上三十合／姜文焕拨马跳出圈／孙德大喝哪里走／大步如飞追上前／追追赶赶来得快／不觉绕过一座山／文焕勒马停住步／金吒说君侯明日来攻关／我弟兄趁机把关献／生擒窦荣在关前／说罢二人假装战／金吒大步转回关／文焕取下雕翎箭／照着孙德后心穿／孙德听得弓弦响／剑拨雕翎落平川／孙德大骂姜文焕／暗箭伤人非儿男／明日吾把你拿住／碎尸万段心才甘／说罢提剑回头转／怒气冲冲转回关

白 孙德回关，怒气不息。窦荣曰："道长在战场，为何不用宝物拿他？"孙德曰："反贼箭法高强，险些被他射中，哪来得及掏宝贝？明日战场，先用宝擒他就是。"窦荣回转府中，彻地夫人问曰："孙德道长擒住姜文焕否？"窦荣曰："孙道长不但没擒住反贼，反被他射了一箭，险些丧命。"彻地夫人曰："将军戎马一生，心存忠厚，但我以为，孙德、徐仁似有可疑之处。明日交兵，将军仔细观察，以防不测。倘若孙德与贼有染，立即斩之，以除后患。明日将军同孙德出关厮杀，我与徐仁守城。若战场有变，奴家先斩徐仁，除去后顾之忧。"夫妻商量已定，只待天明行事。

唱　一夜晚景容易过 / 东方日出太阳升 / 次日窦荣升宝帐 / 便请孙德与徐仁 / 今日与贼去对阵 / 全仗道长法术灵 / 众人正在来议论 / 军士进帐报军情 / 文焕城外来讨战 / 要叫元帅会他身 / 孙德旁边来接应 / 我与元帅去出征 / 今日吾擒姜文焕 / 徐仁与夫人来守城 / 彻地夫人来嘱咐 / 将军上阵要小心 / 城上奴家亲坐镇 / 看谁敢动歪脑筋 / 窦荣孙德领人马 / 放炮开关出了城 / 一直来到战场上 / 文焕战场喝一声 / 骂声窦荣这老狗 / 哪里请来这妖人 / 昨日怪我慢一步 / 箭未射透妖道身 / 孙德闻言心大怒 / 举剑迈步来相争 / 文焕宝刀来架住 / 步马相交定输赢 / 一个大刀龙摆尾 / 一个剑去蟒翻身 / 一个刀使雪盖顶 / 一个剑使树盘根 / 窦荣旗门下观阵 / 开言大叫孙道人 / 还不快快使宝贝 / 与他战到几时辰 / 金吒闻言微微笑 / 遁龙桩儿空中升 / 哗啦一声来落下 / 反装窦荣里面存 / 徐仁一见兄用宝 / 吴钩宝剑往空升 / 白光围着彻地绕 / 夫人人头落埃尘 / 姜文焕看见窦荣被擒住 / 刀起头落命归阴 / 他夫妻坚守游魂数十载 / 东伯侯未曾前进半毫分 / 金木二吒设巧计 / 斩他夫妻取关门 / 木吒开城来放进 / 牢中放出马将军 / 金吒说君侯随后孟津去 / 我弟兄前往大营报信音 / 不表二人回营转 / 又表诸侯在孟津

白　子牙与北伯侯崇应鸾、南侯鄂顺正在议论：三月初九戊午日是诸侯大会孟津之期，怎奈东伯侯姜文焕未到，岂不延误盟誓伐纣之期？正说之间，金木二吒走进中军对师叔曰："我弟兄二人，化装成游方道士孙德、徐仁，混入游魂关中，骗取窦荣信任，顺势取关。东伯侯率二百小诸侯随后就到。"子牙大喜曰："四大诸侯率领八百诸侯，定戊午日孟津大会，得以实现了。"话音未落，军士进来报曰："东伯侯姜文焕求见。"子牙与两大诸侯齐出营门迎接，接进府中，分宾主坐下。

唱 子牙接进姜文焕／躬身行礼请金安／鄂顺应鸾来相见／众多诸侯喜开颜／武王听说文焕到／即忙来到帅府前／文焕上前来拜见／见武王神采奕奕龙凤颜／文焕说四大诸侯今谋面／讨伐昏君在今天／推举子牙来挂帅／众诸侯效命在马前／商汤已然气数尽／同扶武王坐金銮／众诸侯齐声来拥戴／东伯侯说出我们肺腑言／武王还在来谦让／文焕说贤王不必再推延／八百诸侯盟誓愿／乌牛白马祭苍天／同心协力伐无道／共扶武王坐江山／谁要违反今日誓／五雷轰顶尸不全／甲午年戊午日兴人马／朝歌一战把敌歼／不表诸侯盟誓愿／又把朝歌昏王言

白 纣王久不设朝，而军机房自箕子、微子挂官隐退以后，接孟津告急本，殷成秀、鲁仁杰等奏本无处投递。又不敢积压，只好打催驾鼓，敦促纣王设朝。纣王无奈，只好上朝。看完各地边报及鲁仁杰奏本，大吃一惊：不想众诸侯叛乱，已到孟津。纣王问曰：“哪位爱卿领兵退敌，以分王忧？”殷破败奏曰：“请主上任鲁仁杰为元帅，臣招募的丁策、郭辰、董忠三人同赴疆场，背城一战。请主上御驾亲征，方能激励将士。”纣王曰：“依卿所奏。”

唱 鲁仁杰挂元帅印／丁策郭辰做先行／带领十万人和马／朝歌十里外扎营／子牙带兵六十万／还有诸侯众将军／晓行夜往来得快／远远看见朝歌城／子牙传令催兵进／军士回头报军情／前面朝歌兵阻路／子牙传令扎下营／人马方才来歇定／耳听营外钟鼓鸣／子牙上了四不像／众多门人随后跟／三大诸侯也来到／排开阵势等贼兵／鲁仁杰带领三员将／顶盔披甲到来临

白 鲁仁杰在马上举手为礼曰：“姜子牙请了！”子牙曰：“姜尚眼拙，请问将军姓甚名谁？”鲁仁杰曰：“我乃纣王驾下总督天下兵马大元帅鲁仁杰是也。闻你乃昆仑道德之士，为何不遵王化，纠合诸侯侵犯王城。岂不闻率土之滨，莫非王臣么？”子牙笑曰：“鲁元帅既为纣王重臣，为何不知兴亡，反助昏君？纣王所为，天怒民怨，天下诸侯共反。朝歌一弹丸之地，怎能抗拒百万天兵？”鲁人杰大怒：“哪位将军与我拿下？”一将大呼曰：“姜尚休走，吾来也！”

唱 耳后忽听銮铃响／郭辰纵马挥长枪／提枪照着子牙刺／南爷接过战一旁／枪如暴雨打沙上／刀似狂风吹海棠／丁策拍马来助阵／武吉使开手中枪／一个枪来如怪蟒／一个枪去似虎狼／南伯侯鄂顺冲出阵／董忠大斧映日光／鄂顺刀劈华山样／董忠大斧架金梁／两边儿郎齐呐喊／刀斧并举马蹄忙／恼了文焕英雄将／一拍骅骝上战场／走马来到战场上／刀劈董忠落马亡／文焕疆场多猛勇／无人敢近他身旁／鲁仁杰催马来敌住／大喝贼子少猖狂／姜文焕想起家仇恨／一腔怒气涌胸膛／杀得天昏并地暗／战得日月无光芒／哪吒蹬轮来助战／乾坤圈子抛上方／落来打中丁策顶／可怜他只重义气见阎王／郭辰一见心慌乱／刀法散乱无有章／南宫趁机一刀去／刀砍郭辰丧疆场／鲁仁杰一见死三将／加马一鞭去逃亡／子牙一见得了胜／鸣锣收兵转营房／不说子牙收兵转／又表仁杰转朝堂

白 鲁仁杰转回朝歌，当即上殿面见纣王启奏曰：“诸侯势大，朝中兵微将寡，难以抗衡，请王裁处。”殷破败奏曰：“待老臣去见武王，晓以人臣之道，劝姜尚收兵。想武王乃仁德之人，会守君臣之礼。”纣王点头。殷破败出殿，径往周营而来，至营外叫曰：“殷破败求见。”军士听得，报入中军：“启禀元帅！殷破败求见。”子牙传令请进。殷破败进帐，行礼毕，分宾主坐下。

唱 破败一旁来坐下／尊声元帅请听言／殷商传位六百载／殷受纣王坐江山／八百诸侯各安分／四大诸侯镇东南／君臣之间有界限／为啥带兵进五关／君王虽有失检点／为臣之道进良言／如今领兵来造反／留下骂名万古传／我劝丞相收兵转／各守疆土万民安／一旁激怒姜文焕／手指破败骂狗男／吾父何罪被乱刀砍／吾姐皇后更惨然／都是你这般奸贼来作乱／多少忠良冤九泉／文焕越骂心越怒／腰间拔出剑龙泉／照着破败颈项斩／殷破败头落地平川／子牙只好顿足叹／君侯做事太突然／文焕说先斩这些口舌士／摆弄口舌太讨嫌／不说这里斩破败／又表家丁把信传／家丁回到殷府上／尊声少爷请听言／老爷周营去相劝／姜文焕剑杀老爷在营前／殷成秀一听父被斩／点齐家丁有三千／提枪跳上走阵马／怒气冲冲到营前／大骂反贼姜文焕／小爷要你把命还／军士报进中军内／殷成秀讨战在营前／子牙问声谁出战／文焕说末将前去会儿男／提刀跳上青聚马／来到阵前用目观／见一小将骑白马／丈二银枪手内端／成秀一见姜文焕／两太阳中冒火烟／长枪一摆分心刺／文焕刀架两相还／一个替父把仇报／一个要找纣王报仇冤／枪使梅花千万点／刀使大雁落沙滩／枪使凤凰双翅展／刀使雄鹰临空翻／文焕本是将门子／幼读兵书武艺全／看看战有三十合／殷成秀双手发麻两膀酸／文焕使出撒手锏／刀劈成秀下马鞍／家丁一见主将死／抱头鼠窜跑进关／文焕一见全得胜／鸣金收兵转营盘／不说这里得胜事／又表纣王在金銮

白 纣王在金殿上问曰：“殷成秀出战胜负如何？”鲁仁杰曰：“已被姜文焕斩了。”纣王惊得目瞪口呆。鲁仁杰曰：“臣尽心防守城池，恐姜尚派昆仑门下飞上城楼，故臣请驱百姓上城，共同防守。”纣王点头：“由元帅处置。”于是，鲁仁杰驱百姓上城防守。一时间，哭夫寻子，闹得朝歌城惶惶不可终日。

唱　不言朝歌来守御／又表子牙在中军／正与众侯来商议／不便硬攻朝歌城／强攻就要伤百姓／李靖说不如釜底来抽薪／写书射进朝歌去／叫百姓赶快逃出城／只要百姓一走尽／要破朝歌不费神／子牙闻言心大喜／修书射进朝歌城／列举纣王十大罪／百姓一见泪淋淋／周主仁德称四海／何苦替昏君来守城／百姓约定三更后／大开朝歌四城门

白　当夜三更时分，巡营军士进帐禀曰："朝歌百姓看书信后哭声震野，已开四门，迎接天下诸侯义军。"子牙闻报，心中大喜，传令拔寨起营，大军开进朝歌。

唱　子牙人马进朝歌／人欢马叫震山河／纣王正在金殿坐／鲁仁杰进得殿来把话说／百姓已把城门献／子牙人马入城郭／四门都有重兵守／陛下要走也难脱／微臣拼死保陛下／请示是战还是和／纣王传旨聚人马／誓与诸侯拼死活／脱了龙袍换甲铠／紫金宝刀是新磨／翻身跳上逍遥马／午门外面看定夺／只听一声号炮响／人马咆哮炸开锅／见姜尚骑着怪兽四不像／数百诸侯紧跟着／纣王来到门旗下／喝一声众诸侯到此干什么

白　子牙见纣王头顶冲天盔，腰束丝鸾带，身穿连环锁子甲，胯下胭脂逍遥马，手提紫金刀，左鞭右箭，俨然是一个征战沙场的武将。即在骑上欠身曰："陛下！老臣甲胄在身，不能全礼。"纣王曰："姜尚！尔为商臣，逃往西岐，纵恶反叛，累辱王师，擅杀天使，破关斩将，不遵国法。今朕亲临阵前，还不下马受缚，更待何时？"子牙高嗓门大喝曰："昏君！荒淫无道，乱杀忠良，恶贯满盈，人神共愤。天下诸侯听着，吾现道出纣王十大恶罪：远君子，亲小人，败伦丧德，使民不聊生，罪之一也；听妖后言，将正宫姜后挖目斩首，背夫妻之义，罪之二也；太子为国储君，听妖言，将太子绞刑桩上问斩，罪之三也；设炮烙虿盆酷刑，残害忠义大臣，罪之四也；建鹿台，昼夜欢淫，刮民脂民膏，民死无数，罪之五也；败人之大伦，将叔父比干无故挖心，罪之六也；残害边廷重臣，将姜恒楚鄂崇禹两伯侯剁成肉酱，罪之七也；败人之纲常，见色起意，迫贾氏坠楼而死，罪之八也；听妖妃之言，剖孕妇之腹，以证胎儿之卧姿，罪之九也；听妖妃之言，验民生之老少，剖骨敲髓以证之，罪之十也。"

纣王听罢，气得目瞪口呆。众诸侯大呼曰："诛此无道昏君！"姜文焕大呼曰："殷纣休走，吾来也！"纵马舞刀，直取纣王。纣王将刀架住，一场大战。

唱 这才是昏君无道宠妖仙 / 君臣大战午门前 / 一个刀去如闪电 / 一个刀来一片寒 / 纣王本是一武将 / 托梁换柱力无边 / 果然好个姜文焕 / 为报仇犹如猛虎下高山 / 二人正在来交战 / 鄂顺拍马冲向前 / 姜皇兄请你往后退 / 吾也为父报仇冤 / 长枪照着纣王刺 / 纣王刀架两相还 / 纣王说就是你几个一齐上 / 孤家不拿放心间 / 大刀好像下雪片 / 恼了北侯崇应鸾 / 一拍骅骝冲上阵 / 银枪点点透骨寒 / 文焕拍马又来战 / 三大侯围住纣王在中间 / 辛绶原是武皇帝 / 搪枪架刀只等闲 / 面不改色气不喘 / 好像蛟龙戏水玩 / 四人争战多一会 / 殷纣王刀劈鄂顺下雕鞍 / 众将一见发声喊 / 枪刀并举冲上前 / 两边各找对手战 / 这杨戬刀砍雷鹏丧黄泉 / 雷震子咬定银牙一金棍 / 雷鹏落马赴阴间 / 哪吒忙把圈子祭 / 将鲁仁杰打下马雕鞍 / 纣王一见众将死 / 心里好似乱箭穿 / 文焕刀架鞍桥上 / 顺手摘下打将鞭 / 一鞭打中纣王背 / 只打得皮开肉绽口冒烟 / 虚晃一刀败下阵 / 拍马一鞭转金銮 / 子牙一见得了胜 / 一棒鸣锣收兵还 / 不说这里得胜事 / 又表纣王在营前

白　纣王虽斩了鄂顺以及几十个小诸侯，但身边兵不过数百，战将一个也无，且自己还受了伤，心中闷闷不乐。苏妲己劝曰："我主善保龙体。我姐妹曾遇高人指点，学得一身武艺，今夜三更，待我姊妹三人杀入周营，把姬发、姜尚人头提来见你！"纣王闻言，心中稍喜，饮了两杯酒，触景伤情，吟诗一首。

诗曰："忆昔歌舞在鹿台，孰知姜尚发兵来。鸾凤分飞唯今日，再会鸳鸯已隔垓。烈士尽随硝烟灭，贤臣方际运弘开。一杯别酒心中醉，醒来沧桑变几回。"

白　纣王吟罢，见臣僚散去，景况萧条，不觉潸然泪下。苏妲己、胡喜妹、王贵人三个妖精，等到天交三鼓，打扮齐整，手提宝剑，化阵清风，往周营而去。

唱　不说三妖劫营寨 / 又表子牙在中军 / 武王来对子牙讲 / 今日会战大不仁 / 我等毕竟是臣子 / 纣王无道也是君 / 子牙说我主不可来阻挡 / 阻挡诸侯冷了心 / 才念纣王十大罪 / 群情激奋骂昏君 / 君臣正在来谈论 / 忽听一阵怪风临 / 子牙出帐来观看 / 空中出现三妖精 / 子牙骂声好孽障 / 胆敢夜晚来劫营 / 随手一发五雷震 / 惊醒营中众三军 / 杨戬提刀出营外 / 哪吒蹬上风火轮 / 雷震子展开风雷翅 / 见三妖提刀乱杀众兵丁 / 杨戬战住苏妲己 / 哪吒战住王贵人 / 震子抵住胡喜妹 / 营中灯笼火把明 / 杨戬放出哮天犬 / 要咬九尾狐狸精 / 哪吒祭起神火罩 / 要烧九头雉鸡精 / 雷震高举黄金棍 / 要打玉石琵琶精 / 三妖一见事不好 / 化阵清风去逃生 / 子牙一见三妖走 / 三支令箭手中抡 / 一支令箭给杨戬 / 捉拿九尾狐狸精 / 一支令箭给韦护 / 捉拿九头雉鸡精 / 雷震子领一支箭 / 捉拿玉石琵琶精 / 三人领了元帅令 / 各借土遁进皇城 / 忙将遁光来落下 / 紫荆宫内暗藏身 / 不表三人在等待 / 且表三妖转宫廷 / 纣王还在宫中等 / 三妖进来把礼行 / 纣王说三位爱妻可得手 / 妲己说只杀了几百守营兵 / 武王宫中防备紧 / 我们险些丧了身 / 纣王听罢将手摆 / 三妖退出宫殿门

白 苏妲己对胡喜妹、王贵人曰："我等受娘娘派遣，败坏纣王江山，如今诸侯人马已进朝歌，纣王已成孤家寡人一个，无兵无将，死在旦夕。我等还不趁此机会逃走，更待何时？"二人答曰："姐姐之言有理，我们去吃两个宫女充饥，马上离开。"说罢，抓两个宫女吃了，化阵清风往轩辕坟而去。

唱 三妖化风出宫殿/杨戬三人把路拦/妲己骂声贼杨戬/挡吾去路为哪般/杨戬说吾三人已领元帅令/擒拿三妖转回还/妲己闻言心大怒/绣鸾宝刀砍双肩/杨戬三尖刀抵住/二人大战在云端/胡喜妹手仗三尺剑/韦护宝杵往上翻/玉石琵琶使刀砍/雷震金棍忙阻拦/也是殷商该衰败/朝歌三妖战三仙/四处不闻战鼓响/只有妖风吹人寒/妲己说我姐妹把纣王江山败/才使得你们功名成就两周全/杨戬说你们害死多少忠良将/黎民百姓受屈冤/不把妖邪来除尽/社稷何时得安然/妲己说我们是奉娘娘旨/伤害大臣耗银钱/杨戬说妖精休得来狡辩/不擒妖精誓不还/三妖只好苦苦战/凭着妖法苦纠缠/杨戬放出哮天犬/摇头摆尾奔狐仙/妲己一见心害怕/化阵清风走如烟/二妖看见妲己走/身化清风跟上前/三人借遁紧追敢/不放一妖逃进山/边追边赶来得快/看看到了棋盘山/只见前面祥云绕/祥云里面现旗幡/杨戬认得是娘娘到/双膝跪在地平川/雷震韦护来看见/跟着跪地拜圣颜

白 女娲娘娘对杨戬曰："轩辕坟中三个妖精，吾已替你等拿下。"便叫青衣女童把三妖带来。苏妲己曰："娘娘！小妖等是奉您的法旨去败坏纣王江山，现已功成圆满，娘娘不但不奖励小妖，反将我们拿下，不知为何？"女娲怒曰："狐狸精！你们屈害多少忠良，惨杀多少无辜，剖孕妇之腹，敲老幼之骨髓，惨不忍闻，还在此强辩？"令杨戬速速带走。杨戬叩谢娘娘，带三妖回营。子牙与众诸侯正在营中议事。军士进营禀报：“杨戬等带三妖回营。”子牙闻报大喜，令南宫适将三妖斩首。南宫适领令，将王贵人、胡喜妹斩了。斩到苏妲己时，妲己施展狐狸迷人手段，连喊：“将军啊，将军！”南宫适不知怎么，手举不起，呆痴痴站在原地。连换数人，也是如此。杨戬报进中军，对子牙曰：“师叔！想苏妲己乃千年老狐，善于迷人，师叔可用斩仙刀斩之。”

唱　这才是老龙正在沙滩困／一句话提醒梦中人／想起陆压老师语／此刀朝歌用得成／想罢急忙排香案／请出葫芦供上层／子牙揭开葫芦顶／一线白光往上升／子牙向上打一拱／敬请宝贝快转身／白光对着妲己绕／妲己头落地尘埃／众人留神看仔细／原是玉面狐狸精／不说三妖被斩首／军士报进皇宫庭／启奏我主事不好／三位娘娘已丧生／首级挂在周营外／纣王闻报失三魂／祖传江山如铁桶／六百余年享太平／如今已付他人手／有何面目再偷生／不如饮得酩酊醉／摘星楼上用火焚／纣王想罢主意定／便叫楼官小朱升／待我上楼去坐定／你在楼下堆柴薪／把此摘星楼烧了／朱升说小人不敢乱胡行／纣王说这是孤王下的令／无论怎样你要行／纣王说罢上楼去／朱升点火焚摘星／一代暴君归地府／商朝灭亡周朝兴／太公渭水归周主／扶保周朝八百春／一部封神到此止／演义历史到如今

图书在版编目（CIP）数据

地戏·封神榜之进五关 / 帅学剑整理校注 . -- 贵阳：贵州民族出版社，2024.6
（屯堡文丛 . 文学艺术书系）
ISBN 978-7-5412-2847-6

Ⅰ . ①地… Ⅱ . ①帅… Ⅲ . ①地方戏剧本—作品集—安顺 Ⅳ . ① I236.73

中国国家版本馆 CIP 数据核字 (2024) 第 083990 号

屯堡文丛·文学艺术书系
地戏·封神榜之进五关
DIXI · FENGSHENBANG ZHI JIN WU GUAN
帅学剑　整理校注

责任编辑：王丽璇　黎弘毅
装帧设计：曹琼德
出版发行：贵州民族出版社
地　　址：贵阳市观山湖区会展东路贵州出版集团 18 楼
邮　　编：550081
印　　刷：雅昌文化（集团）有限公司
开　　本：787 mm × 1092 mm　1/16
字　　数：180 千字
印　　张：12.5
版　　次：2024 年 6 月第 1 版
印　　次：2024 年 6 月第 1 次
书　　号：ISBN 978-7-5412-2847-6
定　　价：128.00 元